cara Mela

kuRzes, skuRRiles, satiRisches

vom

Äquatorschwan

u. v. a. m.

Henning Hallwachs

© 2016 Henning Hallwachs

Titelbild: pixabay.com
Gestaltung: Jürgen Gehrke, www.gehrke.de
Verlag: tredition GmbH, Hamburg
ISBN Paperback: 978-3-7345-3858-2
ISBN Hardcover: 978-3-7345-3859-9
ISBN eBook: 978-3-7345-3860-5

Inhalt

Der Misserfolg..9

Geografisches.. *24*

Das große Kind und die Luftlöcher.............................. 25

Privatsphäre.. *28*

Der Lausige... 29

Darwinistisches.. *32*

Vertrauensbruch... 33

Wahlen.. *42*

Einsamkeit.. 43

Damen... *44*

Elektromobilität... 45

Verwechselung... *48*

Sonntagsvergnügen... 49

Fliegenfresser.. *52*

Die ökologische Idee des Dr. Friedrich Schneider......... 53

Die kleine Welt... *61*

Die Verlobung.. 63

Kulturkreise... *68*

Die Wandlung des Balthasar.. 69

Multikulti.. *71*

Im Café... 72

Individualität... *73*

Der Perfektionist.. 74

Nach dem Duschen.. *75*

In der Nervenklinik... 76

Tiefschlag... *77*

Weihnachten, Variationen ohne Thema.......................... 78

Spielverderber...*84*

Weise Regierung wider Willen.............................85

Die Wegwerfgesellschaft............................*89*

Mit einem bisschen Mut......................................91

Pech..*92*

Fünfzigjähriges..93

Konventionen..*95*

Weltbild..96

Fotografisches..*97*

Die Einladung..98

Unmoral...*100*

Träumen – fliegen – schwimmen –.................101

Ahoi...*102*

Fast ein Logenplatz...103

Vertrauen...*106*

Das Abteil..107

Menschliche Begegnung..............................*110*

Zwanghaft..111

Die Relativität der Zeit................................*121*

Die Puppe...122

Charmant, charmant....................................*123*

Das Quiz...125

Gesetzliches..*128*

Auf der Suche nach Wärme..............................129

Abhärtung..*131*

Der nächste freie Mitarbeiter. 132

Elektronik..*135*

Fertigbauburgen..136

Redensart...*139*

Zivilcourage in Uniform 140

Freiheit *141*

Ikarus 142

Müller *148*

Die CaFaRi 149

Wünsch dir was *162*

Einsam arm 163

Misslaunig *174*

Das Buchstabenmonopol 175

Banane *179*

Traum eines Geschäftsführers 180

Sehfehler *188*

Die Drehtüre 189

Gefühle *190*

Die Genaralstabskartenlandschaft 191

Das Ende der Welt *194*

Die Stunde nach Mitternacht 195

Trinkerweisheit *200*

Karin 201

Fürsorglich *204*

Rettung + Ehrung 205

Enttäuschung *206*

zeta 19 207

Putin *212*

Störung 213

Originalität *215*

Weihnachtsfeier 216

Weih Tag wie Nacht! *217*

Der Misserfolg

Betrug, sagen Sie? Betrug – vorsätzlicher Betrug – das ist ein böses Wort, eine üble Behauptung. Die lasse ich nicht auf mir sitzen! Ich soll mich nicht so aufregen? Sie setzen etwas in die Welt, und ich soll mich nicht aufregen? Sie gefährden meinen guten Ruf! Muss ich mir das gefallen lassen? O.K. – ich werde Sie schon überzeugen. Klar, ich erzähle Ihnen alles, was Sie wollen. Ich habe nämlich eine weiße Weste, müssen Sie wissen. Mir macht das nichts aus.

Also, ich soll zur Sache kommen. Gut, was wollen Sie hören? Ob ich ein guter Verkäufer war? Ist das 'ne Frage? Und was heißt hier, war? Ich bin einer und zwar einer der Besten, um nicht zu sagen der Allerbeste! Darauf können Sie sich verlassen! – Seit zehn Jahren im Geschäft, alles immer bezahlt, keine Schulden! Die meisten machen nach drei, vier, spätestens neun Jahren schlapp, ich nicht!

Wenn Sie wollen, verkauf ich alles. Darauf kommt es doch nicht an. Nicht, was einer verkauft, sondern wie – das ist die Sache. O.K. – ich habe nie Schund verkauft. Was ich verkaufe, hat Qualität! Das ist so meine Art, aber wenn es hart auf hart käme ...

Was ich so verdient habe? Sie sind ja nicht vom Finanzamt, also, ich will offen sein. In letzter Zeit war es nicht schlecht, nein, wirklich nicht, ich kann nicht klagen! Aber ich habe auch geschuftet, kann ich Ihnen sagen ... Was ich so vor zwei, drei Jahren verdient habe? Durchschnitt. Klipp und klar, Durchschnitt! Mehr war nicht drin, und wenn ich die Nacht zum Tage gemacht hätte. Sie wissen ja, die Supermärkte und diese Discounter mit ihren Schleuderangeboten, die Warenhäuser, die Versandfritzen, das Internet – der ganze ostasiatische Ramsch, die Massenware ohne Qualität und Wert! Ein harter Markt, kann ich Ihnen sagen. Ich hatte nichts zu lachen. Man schlägt sich eben so durch. Inzwischen 10 % vom Umsatz allein für den Sprit – früher waren es 5 % – bis zu 30 % fürs Hotel; alles andere als eine Nobelherberge, kann ich Ihnen versichern. Da sehen Sie selbst, was übrig bleibt.

Wie es kam, dass ich in letzter Zeit weniger klagen konnte? O.K. – kommen wir zur Sache. Vor gut einem Jahr war es. Hochsommer hatten wir, heiß war's. Saure-Gurkenzeit, kein Geschäft zu machen mit Grills und Quirls. Ja, schon, ideales Wetter für Gartengrills – aber ich habe auf Elektro gesetzt, Heimgrills, Tischgrills, die freundlich-praktischen Küchenhelfer und so. Nein, es war nichts drin für mich bei der Hitze!

Ich begnügte mich auf einem Rastplatz mit einem kalten Mittagessen. Was das heißt? Na, 'n dröges Butterbrot, bei dem geschäftlichen Notstand konnte ich mir nichts anderes leisten. Ich kaute lustlos, döste, hörte Radio. „... und hier sind wir wieder mit unserer Sendung: ,Hörer rufen an! Probleme des Alltags! Heute: Ich kann nicht Nein sagen!' unsere für Sie kostenfreie Rufnummer ..." Dann erst einmal Musik und mittendrin das Telefon. „Guten Tag", leise, etwas schüchtern, die Anruferin, und laut, emphatisch: „Hallo!", der forsche Moderator: „Nennen Sie – bevor Sie uns mehr von Ihrem Problem erzählen – doch bitte Ihren Namen!" „Hier spricht Claudia Holtgrewe, Savignystraße 7 in B ..."

B. lag gleich an der nächsten Autobahnausfahrt. Aus Gewohnheit schrieb ich die Adresse mit. Das ist nichts Besonderes bei mir. Das mache ich oft. Da schwärmt ein Kollege, er habe da und dort tolle Geschäfte gemacht – so etwas lasse ich mir nie entgehen. Ich arbeite gerne mit Adressen. Das ist dann so, als käme ich zu Bekannten. Ist nicht so anonym, wenn ich vorher eine Adresse habe. Etwas spleenig, O.K. – aber jeder hat so sein Hobby.

Na, Frau Holtgrewe klagte inzwischen ihr Problem. Sie könne eben nicht Nein sagen. Egal, wer auch immer etwas von ihr wollte, sie sage Ja! Sie sei schon in 'zig Vereinen, sei für die ganze Siedlung der Babysitter, die Blumen-, Kanarienvögel-, Katzen-, Hundefee. In der Urlaubszeit hätte sie einen Sechzehn-Stunden-Tag. Vertreter hätten leichtes Spiel mit ihr – ich wurde hellhörig – sie wisse sich kaum noch zu helfen, usw. usw.

Es folgte ein länglicher Psychoklempnerkommentar. Ich dachte nach.

Auch der nächste Anrufer war, wie er behauptete, hilflos allem und jedem ausgesetzt. Er, wie übrigens alle acht Anrufer bis auf einen, gab seine volle Adresse an. Ja-Sager können wohl nicht anders. Nach der Sendung hatte ich sieben aussichtsreiche Adressen und beschloss, trotz der geschäftslähmenden Hitze, ein Glückspilz zu sein.

11

Die sieben wollte ich so nach und nach bedienen. Mit Frau Holtgrewe fing ich gleich an.

Nun ja, das war nicht sehr geschickt. Natürlich argwöhnte sie ... ein Argwohn, dessen Berechtigung ich strikt leugnete. Notlügen lassen sich in meinem Metier manchmal nicht vermeiden. Sie verdächtigte mich, das Gespräch im Radio mitgehört zu haben. Ich musste all meine Register ziehen, um das Misstrauen aus ihr rauszukriegen. Erst stockend einsilbig, dann immer flüssiger erzählte sie die ganze Radiostory. Ich zeigte Mitgefühl und viel Verständnis gerade gegenüber dem Problem des nicht Nein-Sagens, gewann Terrain, drang langsam bis in die Küche und damit auch in ihr Vertrauen vor. Sie ließ sich schließlich alles zeigen: Den Grill, den Mixer, die Saftpresse, sogar den so ungeheuer praktischen Kleinstaubsauger fürs Auto oder für den Balkon.

Ich führte vor und hielt ein beachtliches Grundsatzreferat über Küchenautomation, Freizeit und Freude am Leben. Sie nickte nunmehr immer freundlich, fragte nach und war insgesamt derart beflissen und widerspruchslos, dass ich anfing, um meinen Erfolg zu fürchten. Man kennt ja diese butterweiche Tour, diese Leute, die den Spieß einfach umdrehen und den Verkäufer sich totreden lassen.

Als ich den Rechnungsblock zückte, war ich schon halb resigniert ob der Nachgiebigkeitsstrategie der Frau Holtgrewe und erwartete ein: „Ist-ja-alles-schön-und-gut, aber kaufen, kaufen-werde-ich-nichts!" Tatsächlich verkaufte ich ihr aber von den sechs Geräten meines Sortiments vier! Wenn ich mal mehr als eines auf einmal an den Mann oder öfter an die Frau bringe, mache ich ein Kreuz ins Auftragsbuch. Das hier, das war fantastisch, kann ich Ihnen sagen! Ich blieb ruhig und gefasst, bedankte mich, betonte nochmals, dass ich das Interview im Radio wirklich nicht gehört hätte, also ganz zufällig vorbeigekommen sei und dass ich nun, nach abgeschlossenem Geschäft, ihr Problem kaum verstünde! Schließlich habe sie zwei meiner Geräte nicht gekauft, habe also zweimal Nein gesagt. Sie pflichtete mir bei und schien ganz glücklich zu sein. Ja, die Psychologie der Ja-Sager, also, wenn Sie wollen ... gut, vielleicht ein andermal, ich könnte Ihnen was erzählen!

Ein paar Tage später kam ich in die Gegend des nächsten Ja-Sagers, Arthur Bernbüller, ein Meter und fünfundneunzig Gemüt. Bis auf die Größe ein Zwillingsbruder der zierlichen Holtgrewe. Ich musste zweimal hin, traf ihn erst abends an. Dann aber kaufte er, als sei ich der Weihnachtsmann und er bekäme alles geschenkt.

Bernbüller warf mich buchstäblich aus dem Gleis. Hatte ich die Holtgrewsche noch als Zufall, Glück, unverhofften Volltreffer angesehen, so war Bernbüller eine Art Offenbarung, die Erfüllung eines Vertretertraumes. Jetzt wollte ich es wissen, Sie verstehen? Jetzt musste ich es wissen.

Entgegen meiner zehnjährigen Gewohnheit wechselte ich sofort nach Bernbüller das noch nicht annähernd abgegraste Revier, ließ Benzinkosten Kosten sein, fuhr einhundertsiebzig Kilometer zur nächsten Adresse und machte die Probe aufs Exempel! Wieder voller Erfolg, fünf meiner sechs Geräte wurde ich los.

Noch vier Traum-Käufer hatte ich auf meiner Liste. Viermal noch „alle neune", sozusagen. Und dann? Man müsste einen Club der Ja-Sager gründen! Man müsste ... man müsste irgendwie an diese Leute herankommen können. Ziemlich grüblerisch bis deprimiert fuhr ich abermals weit über hundert Kilometer zum vierten notorischen Ja-Sager.

Frau Frieda Friedrich – wie schon beim Interview im Radio betonte sie dauernd, sie sei eine geborene Laube, das vielleicht etwas alberne Frieda Friedrich hätte sich eben so ergeben. Wo die Liebe hingefallen sei, habe ein Herr Friedrich sie eben aufgehoben. Frau Friedrich, dick und rosig, lud mich erst einmal zum Kaffee ein, da konnte ich nicht Nein sagen.

Sie redete ununterbrochen. Nichts war ihr belanglos, nichts intim genug, um es nicht mir, dem Fremden, mitzuteilen. Die Frau kannte keine Grenzen, von den Potenzproblemen des Nachbarn bis zur Vorliebe ihrer Nichte für Gummibärchen. Die konnte nicht nur nicht Nein sagen, sondern musste oder wollte alles sagen, egal was – nur nicht Nein.

Da kam mir eine Idee. Teils behutsam, teils energisch, denn die ließ mich mitunter kaum zu Wort kommen, lenkte ich das Gespräch auf ein ganz bestimmtes persönliches Problem. Nach der dritten Tasse Kaffee endlich hatte ich sie beim Nein-Sagen.

„Ja, stellen Sie sich vor", sprudelte sie gleich wieder los, „ich kann einfach nicht Nein sagen. Es geht nicht. Neulich war so eine Sendung im Radio." Und sie erzählte mir die ganze Geschichte. Ich hörte sie nach der Sendung und nach der Holtgrewschen nun zum dritten Mal. Als ich zwischendurch zu Wort kam, bemerkte ich: „Ist das nicht manchmal, na, sagen wir, ärgerlich, nicht Nein sagen zu können?"

„Und wie!", bestätigte sie. „Ich kann Ihnen sagen, ich bin da schon in so manches hineingeraten. Erwin, mein Mann, sagt immer, ich sei Bigamie gefährdet, wenn ich nicht aufpasse, gäbe ich noch einem Zweiten mein Jawort!"

Ich quittierte mit einem Lächeln, ging auf diese Möglichkeit nicht weiter ein und fragte lieber, ob sie nichts gegen diese Ja-sage-Sucht unternehmen wolle. „Ja, natürlich, aber wie? Ich habe schon so vieles versucht und …"

„Ich könnte Ihnen helfen!", und damit war sie endlich heraus, die Idee, dem Ja-Sager nicht nur mein Sortiment, sondern auch meine Hilfe zu verkaufen. Ich habe sie immer Training, nie Therapie genannt. Schuster bleib bei deinen Leisten, habe ich mir gesagt. Bieten Sie einem Ja-Sager an, Sie könnten ihm helfen, Nein zu sagen, ich garantiere Ihnen, er nimmt ihr Angebot an. Frau Frieda Friedrich nahm an und sagte zu allen meinen Konditionen laut und vernehmlich: „Ja!"

Später habe ich die Konditionen ergänzt, schriftlich fixiert und mit notarieller Hilfe zu einem hieb- und stichfesten Vertrag zusammenstellen lassen. Sie kennen ja den Vertrag, er liegt bei den Akten. Von Betrug kann da gar keine Rede sein.

Der Ja-Sager engagiert mich für psychologische Hilfe. Pro Gespräch von 45 Minuten Dauer kostet ihn das sechzig Euro. Ist das nicht genial? Ich ließ mir meine Verkaufsgespräche bezahlen! Das soll mir mal einer nachmachen! Außerdem erstattet mir der Kunde, meist eine Kundin, die Fahrtkosten, fünfzig Cent für jeden Kilometer – bei den Benzinpreisen zahle ich drauf! Sollte er es lernen, durch meine Methode konsequent Nein zu sagen, so war ein einmaliges Erfolgshonorar fällig, anfangs waren es zweihundert Euro, später erhöhte ich die Prämie auf fünfhundert. Das waren und sind klare Konditionen. Krumme Sachen sind nicht mein Ding.

Mit der Idee wollte ich reich werden. Ich gründete keinen Club der Ja-Sager. Wie kommen Sie darauf? War gar nicht nötig! Eine Annonce und ich hatte 'zig Adressen: „Haben Sie Probleme mit dem Ja-sagen?" „Können Sie nicht Nein sagen?" „Gehören Sie zu den Menschen, die sich ausnutzen lassen?" „Sie helfen der ganzen Welt! Und wer hilft Ihnen?" So und so ähnlich waren meine Aufmacher in den Regionalzeitungen. Es folgte dann die Aufforderung, sich unter Chiffre vertrauensvoll zu melden. Es könne dem Ja-Sager geholfen werden. Erst in letzter Zeit wurde ich direkter, persönlicher, sprach in den Anzeigen von meiner Methode. Nein, Psychotherapie habe ich es nie genannt! Obwohl – ich war erfolgreicher als die diplomierten Universitätspsychologen.

Meine Methode? Wissen Sie, eigentlich möchte ich nicht so gerne darüber reden. Sie ist geradezu Nobelpreis verdächtig, schon, aber sie ist auch simpel. Genial einfach, möchte ich sie nennen. Und das ist auch das Problem, sie könnte Schule machen. O.K. – es muss wohl sein.

Bei Frau Frieda Friedrich, meinem ersten Fall sozusagen, war ich noch vorsichtig, zurückhaltend. Ich einigte mich mit ihr gemeinsam, dass das Nein-Sagen dann ganz besonders schwer sei, wenn ihr etwas zum Kauf angeboten werde, und dass das Ja-Sagen in solchen Situationen meist zu unangenehmen bis ärgerlichen, weil kostspieligen Konsequenzen führe. Später ging ich weniger klientzentriert vor – eine Reminiszenz an mein Psychologiestudium, autodidaktisch natürlich – später behauptete ich einfach, dass die Kaufsituation ideal fürs Nein-Sagen-Lernen sei.

Nachdem ich meine Klienten soweit mit meiner Methode – von Therapie habe ich wirklich nie gesprochen – vertraut gemacht hatte, stellte ich meine Produkte vor, zeigte das ganze Sortiment. Ich achtete darauf, welche Geräte gut und welche nicht so gut ankamen. Wissen Sie, die Augen, die Augen verraten, was gefällt und was nicht. Die Augen offenbaren die Gier. Ich machte so eine Art Hitliste. Ich bot dann das anscheinend attraktivste Gerät zum Kauf an, wobei ich laut und deutlich darauf hinwies, dass es circa 25 % – später erhöhte ich auf 50 % – teurer sei als bei der Konkurrenz. Danach kam dann das weniger attraktive Gerät an die Reihe und so weiter bis zum unattraktivsten. Gelang es dem Klienten, irgendein Gerät abzulehnen, wurde das als erster Schritt zum Erfolg gewertet. Da ich mit der Hitliste nie ganz verkehrt lag, ergab sich fast immer beim letzten Gerät oder bei den letzten beiden Geräten ein mehr oder minder gehauchtes, selten entschiedenes: „Nein…". Das war jeweils ein schöner erfolgversprechender Ausgang der ersten Trainingsrunde.

Im Allgemeinen reichten zwei Treffen, und der Klient lehnte alles ab, was ich ihm anbot. Damit war dann das Erfolgshonorar fällig. Der Erfolg stellte sich insbesondere bei Verheirateten schnell ein, weil offensichtlich die Ehehälften im Hintergrund aktiv mitwirkten. So unter uns möchte ich sagen, eine Art Familientherapie. Alleinstehende hatten es schwerer, sich zum Nein durchzuringen. Bei denen brauchte ich so drei bis fünf Gespräche, was mir erhebliche Probleme verursachte. Ich brauchte fünf, sechs, sieben beliebig überflüssige aber brauchbare Sortimente zum Verkaufen. Und ich musste den Kram jeweils parat haben. Wenn ich die Region wechselte, brauchte ich einen Kleintransporter und einen neuen Lagerraum, die Kosten stiegen enorm! Außerdem musste ich die Geräte technisch beherrschen, Fragen beantworten können usw. Oft büffelte ich bis in die späten Abendstunden, was sag ich, bis in die frühen Morgenstunden Gebrauchsanweisungen, surfte im Internet nach Hintergrundinformationen. Sie sehen, ich trieb viel Aufwand, schonte mich – den Ja-Sagern zuliebe – nicht!

Dazu kamen organisatorische und zeitliche Probleme. Manchmal hatte ich in einem Umkreis von gut fünfzig Kilometern acht Gespräche an einem Tag zu führen. Für jedes Gespräch – oder für fast jedes – ein anderes Sortiment. Früher besuchte ich einen Kunden einmal und nie wieder. Jetzt war das anders. Wenn ich zum dritten Mal zu einem Kunden kam, konnte ich nicht so tun, als wüsste ich nichts von ihm. Ich musste Buch führen, damit ich die Leute und ihre Geschichten nicht verwechselte, nicht immer die gleichen Sprüche an denselben Mann brachte! Schließlich bot ich sozusagen psychologische Hilfe an, da musste ich hier schon mal nach der kranken Oma, dort nach den Schulzensuren des Sohnes und eben nicht nach denen der Tochter fragen, das neue Auto bemerken und bewundern, persönlich engagiert sein. Ich kann Ihnen sagen, ich hatte zu tun! Erfolg verpflichtet!

Und Erfolg hatte ich. Ich war wer! Innerhalb eines halben Jahres hatte ich es zu etwas gebracht. Mitleid? Skrupel? Sie können Fragen stellen! Meine Kunden waren nicht Opfer! Sie können sie fragen. Vielleicht werden einige jetzt, wo alles in der Presse breitgetreten werden wird, umkippen. Die meisten aber werden mir die Treue halten – da könnte ich drauf wetten.

Nein, nein, das sehen Sie falsch. Ich habe den Leuten gesagt, dass es etwas kostet. Sie wussten, was auf sie zukam! Zwei oder drei haben den Vertrag abgelehnt, sind gar nicht erst darauf eingegangen, sozusagen Therapieerfolg bevor es losging. Selbstverständlich war das möglich. Das hätte jeder machen können.

Die, die nicht Nein sagen konnten, hätte ich ausgenutzt? Na, klar! Ich habe aber so übertrieben, dass sie mit Freuden irgendwann: „Nein", sagten, „Nein!", schrien,

„Neinnn!", jubelten. Und dabei konnten sie feststellen, dass deshalb keineswegs der Himmel einstürzte, die Erde barst. Ich gratulierte ihnen zu ihrem Erfolg. Freundlich, meist herzlich verabschiedeten mich meine Klienten!

Übrigens möchte ich erwähnen, dass es zwar gelegentlich, ausnahmsweise sozusagen, zu Misstönen kam, dass aber alle bis auf – glaube ich – drei die Erfolgsprämie zahlten! Einer davon lehnte ab zu zahlen, weil er gerade das als Erfolg, quasi als seinen Nein-Sager-Superlativ ansah. Ich hätte klagen können – aber ich bin nicht kleinlich.

Insgesamt kann man wohl sagen, wenn es zwischen einem Ja-Sager und mir zu einem Vertrag kam, kam es auch zum Nein sagen, zum Erfolg. Ich war mit meiner Methode ein überaus erfolgreicher – ich will es mir mal gönnen – Therapeut!

Nicht immer, sagen Sie. O.K. in einem Fall steht der Erfolg noch aus. Sie hindern mich daran, den Fall erfolgreich abzuschließen. Sie geben zu, dass ich schon fast so weit war. Wenn Sie nicht dazwischen gekommen wären, dann …

Schon gut, ich komme zur Sache. Sie meinen Herrn von Schramm. Ich hätte gleich stutzig werden sollen, gleich beim ersten Mal – so aber wurden es fast sechs Monate. Ein halbes Jahr! Ich kann Ihnen sagen, dass es mir mehr und mehr sauer wurde. Der alte Herr – ein Alptraum, er verfolgte mich bis in meinen Schlaf.

Von Anfang an lief alles anders. Herr von Schramm, alt, reich, alleinstehend, einsam bis eigenbrötlerisch, ging einfach auf alles ein. Meine Hitliste in Ehren, Herr von Schramm kümmerte sich nicht darum. Er kaufte selbst das, was er – offen von ihm auch mir zugestanden – wirklich nicht brauchen konnte. Er kaufte es trotzdem, denn irgendeinen Nutzwert hatte das Ding – nur nicht für ihn.

Nach dem sechsten Gespräch erhöhte ich die empfohlenen Ladenpreise um glatte 100 %. Herr von Schramm lächelte, hörte sich meine Verkaufsargumente, meine Gegenargumente, ja, schließlich sogar meine Warnungen ruhig, freundlich an und kaufte. Manchmal, wenn er so bescheiden, so wissend, fast ein wenig arrogant vor sich hinlächelte, manchmal kam mir da der Verdacht, dass das Kaufen ihm gleichgültig war, dass es ihm um irgendetwas Anderes ging. Ich wurde nicht schlau aus ihm.

In der achten Sitzung wollte ich ihm einen 100-Euro-Schein für zweihundert Euro verkaufen. Er lächelte etwas traurig, verwies mich auf unseren Vertrag, wo von „… Gebrauchsgegenständen mit Nutzwert …" die Rede war, rügte mich unlauter, verbat sich einen derart krassen Vertragsbruch und bot mir, nur damit er nicht Nein sagen musste, geradezu hilflos eine Vertragsänderung an.

Nein, dazu ließ ich es nicht kommen. Warum? Ich konnte nicht. Das ging gegen meine Ehre. Ich lehnte ab, weil ich das Gefühl hatte, dass meine bislang durch und durch erfolgreiche Methode auf diese Weise hintergangen werde. Absurd, dachte ich, absurd. Ich wollte mir nicht von einem notorischen Ja-Sager meine Methode kaputt machen lassen.

Ich hätte es mir leicht machen und Herrn von Schramm für – na, ja – unheilbar, therapieresistent ansehen können. Ich hätte einfach aufgeben oder nach einer Vertragsänderung Herrn von Schramm arm machen können. Ich tat keines von beiden. Ehrgeiz – Mitleid – Ärger – von jedem etwas war's, was mich trieb. Ja, auch Angst vor Lächerlichkeit. Ich war zwar von meiner Methode überzeugt – aber ganz sicher, so ganz sicher, war ich nicht. Ich fürchtete – wie ich heute meine, grundlos – in Herrn von Schramm meinen Meister gefunden zu haben. Deshalb machte ich weiter, ich musste gewinnen, er war nicht einfach stur, überkandidelt, unzurechnungsfähig.

In der achtzehnten Sitzung, pardon, beim achtzehnten Gespräch, verkaufte ich ihm drei Dutzend, sechsunddreißig, Sonnenbrillen in jeder erdenklichen Farbschattierung. Ich war fast schon in Panik wegen der von Mal zu Mal schwierigeren Sortimentsfrage. Die Sonnenbrillen waren ein zufälliger Gelegenheitskauf gewesen. Ein Kollege machte Schluss und wollte seine Musterkollektion loswerden. Jede Sonnenbrille trug sichtbar das Preisetikett. Für jede Brille verlangte ich unter ausdrücklichem Hinweis auf den empfohlenen Preis das Dreifache! Herr von Schramm sagte zu jeder einzelnen Brille: „Ja", und zahlte.

Danach war ich soweit, dass ich beinahe einen studierten Psychologen, einen Psychotherapeuten aufgesucht hätte. Gegen Herrn von Schramms Ja-Sagerei war kein

Kraut gewachsen – schien es. Aufgeben? Was denken Sie denn? Ich, aufgeben? Nein, sagte ich mir, jetzt gerade nicht. Dem Mann musste einfach geholfen werden! Und wenn ich es nicht schaffte, wer dann?

Ich musste andere Geschütze auffahren. Wenn es der Kleinkram nicht tat, musste ich mich umstellen. Die Umstellung kostete mich einige Gespräche und Verhandlungen mit Kollegen für Swimmingpools, Heimkegelbahnen, fertige Wochenendhäuser, vollautomatische Kompaktküchen usw. Es war nicht so einfach, den Kollegen glaubhaft zu machen, dass ich kein Konkurrenzgeschäft aufmachen wollte, dass es sich um etwas Einmaliges handelte.

Ich war schließlich für insgesamt sechs Großangriffe gerüstet, als ich mit Herrn von Schramm das zwanzigste Gespräch führte. Er kaufte widerspruchslos ein komplettes Wochenendhaus, obwohl wir beide der Überzeugung waren, dass er es trotz seiner prinzipiellen Nützlichkeit nie selbst nutzen werde. Er hing viel zu sehr an seiner Villa, seinem Schneckenhaus, seinem Castle.

Ich ließ mich nicht entmutigen, mich hatte der Ehrgeiz gepackt. Nein, nein, das hing nicht nur mit der stattlichen Provision für das Wochenendhäuschen zusammen – Sie machen es sich zu einfach. Ich dachte, diesmal kriege ich ihn. Diesmal wird er nein sagen! Die sechs Großobjekte kann er nicht einfach mitmachen.

Die einundzwanzigste Sitzung sehnte ich geradezu herbei. Das Jagdfieber hatte mich gepackt. Ich verkaufte ihm ein beheizbares Schwimmbad. Viel hat nicht gefehlt, dann hätte ich ihm, der nicht schwimmen konnte, die sogenannte Olympiaklasse, 25 mal 12 Meter, drei Meter tief, angedreht. Herr von Schramm hätte vermutlich auch dazu Ja gesagt. Weil ich Mitleid hatte, einigten wir uns auf eine Halle mit 12,5 mal 6 Metern und einem Meter vierzig Tiefe. Die aber kaufte er freundlich lächelnd und völlig unfähig, Nein zu sagen. Ein kleiner Hoffnungsschimmer war ansatzweise zu spüren, als wir in den Garten gingen, um uns nach einem Bauplatz umzusehen. Hinten, wo die alten Bäume standen, war das Gelände zu abschüssig. Es kam nur der Platz seitlich neben der Terrasse infrage. Herr von Schramms Rosengarten, der musste dran glauben. Herr von Schramm, ein wirklich begnadeter Rosenzüchter, schluckte zweimal trocken, wischte sich mit der Hand über die Augen und sagte: „Ja".

Als ich mit dicken Prospekten über Hobbytreibhäuser zum zweiundzwanzigsten Gespräch erschien, nahmen mich Ihre Leute in Empfang. Ich hatte den Geiz und den Einfluss der Erben nicht bedacht. Und jetzt wird Herr von Schramm vielleicht nie lernen, Nein zu sagen. Können Sie das verantworten, Herr Untersuchungsrichter?

Geografisches

Die Polente ist nicht nur in geografischer Hinsicht etwas ganz anderes als der Äquatorschwan.

Das große Kind und die Luftlöcher

Mitten auf der Rasenfläche stand das große Kind und buddelte. Es buddelte ein Loch mit einer rostigen Schaufel. Es brachte den kurzgeschorenen englischen Rasen in Unordnung. Ein Parkwächter konnte das nicht dulden. Der Wächter beeilte sich, das große Kind vom Rasen zu jagen. „Was machst du da?", fragte er grob. „Ich buddle!" „Das sehe ich auch." „Weshalb fragen se' denn, wenn ses' sehen?" „Es ist hier verboten zu graben!" Das große Kind zeigte unbestimmt nach hinten: „Da ist es auch verboten zu buddeln!" „Ja, schon, aber warum gräbst du ausgerechnet hier?" „Weil hier Erde ist. Wissen se', richtige Erde, nicht Sand, nicht Steine – richtige Erde." „Da hinten ist auch Erde!" „Ne, eben nicht, nur Steine."

„Aber hier ist es verboten! Was du da tust, ist gegen die Ordnung, wenn das jeder täte!" „Gerade weil ich nichts gegen die Ordnung machen will, buddle ich." „Wie?" „Na, Tote müssen doch begraben werden, oder nicht?" „Tote gehören auf den Friedhof! Geh jetzt, sonst hole ich die Polizei!" „Ne, kann nicht gehen, ich muss ja buddeln!"

„Du bist wohl nicht ganz richtig?" „Was?" „Ich meine, du spinnst wohl?" „Ja, natürlich bin ich verrückt, das sagen alle." Na, mit Verrückten muss man vorsichtig sein, sagte sich der überraschte Wächter. „Also, hör mal zu, du bist verrückt, gut, lassen wir das einmal." „Geht nicht!" „Na schön, was gräbst du denn hier?" „N' Loch!" „Ein Loch gräbst du, das ist fein. Habt ihr zu Hause keinen

Garten?" „Ne!" „Schön, du gräbst hier ein Loch, warum?" „Weil die anderen Löcher in die Luft machen wollen!"

Der Wächter verstand nicht. Er nahm noch einen Anlauf: „Na, wer macht denn Löcher in die Luft? Sag's mir doch. Ich sag's nicht weiter!" „Können se' ruhig weiter sagen, weiß jeder!" „Verdammt ...", der Wächter schluckte, „nun, ich weiß es nicht!" „Sind wohl auch verrückt?", grinste das große Kind gutmütig. „Na ja, meinetwegen, vielleicht bin ich auch verrückt." „Armer Kerl, wenn se' das nicht einsehen, sind se' arm dran." „Schon gut, sag mir doch, wer die Löcher macht?" „Na, bist du aber doof! Weißte das wirklich nicht? Die mit den Bomben[1] machen die Löcher!" „Die mit den Bomben?" „Na klar!" „Die machen wohl Häuser und Brücken und Panzer kaputt, aber keine Luftlöcher!" „Menschen machen die auch kaputt und die Luft! Die Luft von denen ihre Bomben macht die Menschen kaputt, die Luft ist dann gar keine Luft mehr. Deshalb buddle ich hier."

„Aber ..." „Nüscht aber, hol' dir ne' Schippe und mach mit. Ich glaube nicht, dass wir noch viel Zeit haben!" „Aber es ist doch Frieden und keiner wirft Bomben!" „Doch, doch, du wirst schon sehen, dass die ihre Bomben werfen!" „Aber es ist doch kein Krieg!", schrie der

---

[1] Das große Kind meint die Neutronenbomben, die sich in Zeiten des kalten Krieges einer gewissen Beliebtheit erfreuten. Sollten sie doch Menschen, Soldaten und jede Art anderer Lebewesen töten, alles Materielle aber heil lassen, Häuser und Brücken und Panzer verschonen!

Wächter, und das große Kind lächelte ihn mitleidig an. „So schreien sie alle: Es ist kein Krieg! Wenn ich zu Hause nasche, schreie ich auch: Ich war es nicht gewesen! Würdeste mir glauben, wenn ich genascht habe und sage, ich war es nicht?" „Nein!" „Da hörst du es selbst. Ich glaube denen auch nicht!"

Der Wächter kratzte sich verlegen den Kopf. „Na, wenn schon, wenn sie ihre Bomben werfen, ist es noch lange kein Grund, hier zu graben." Das große Kind sah ihn traurig an. „Du verstehst auch gar nüscht! Haste denn gar kein Grips?"

Das große Kind hatte zwischen den Sätzen zu buddeln vergessen, wie wild schaufelte es jetzt wieder drauflos. Der Wächter riss es an der Schulter herum und schrie es an: „Mensch, hau ab!" „Schreien? Schreien könnter, du und die mit den Bomben. Aber ihr lügt ja, und schwindeln darf man nicht. ... Ihr meint, wenn ihr schreit, hört ihr die Bomben nicht. Ihr solltet lieber Löcher buddeln, wenn die Bomben da sind, ist es zu spät. Die Luftlöcher werden euch alle kaputtmachen. Und keiner wird euch begraben. Das ist gegen die Ordnung, dass Leichen unbegraben herumliegen. ... Und wenn jetzt jeder schnell ein Loch buddelt, ist hinterher alles in Ordnung!"

„Hinterher, hinterher Ordnung! Mensch, dann ist es rotzegal, ob du vergammelst! Hinterher noch Ordnung, dass ich nicht lache!" „Lach nicht so blöd. Das, was du sagst, ist ganz genau so verrückt wie die Schreie der Leute mit den Bomben. Wir machen keinen Krieg, wir halten

Frieden! Wozu brauchen die für den Frieden ihre Luftlö-
cher-Bomben? Wozu brauchst du jetzt in deinem saube-
ren Park Ordnung, wenn gleich alles Unordnung ist?
Schau, ich mache bestimmt nicht so viel Dreck wie die
mit ihren Luftlöchern, das verspreche ich dir!"

Der Wächter lief davon und verständigte die Irrenanstalt[2].

Privatsphäre
Wie kam es dazu, dass wir Hinz und Kuntz unsere Wohnungen
öffnen,
damit sie Rauchmelder überprüfen, Wärmezähler und Wasseruhren
ablesen und sonst was darin tun?

---

[2] Heutigen Tags nennt sich eine solche Anstalt psychiatrische Klinik,
Nervenklinik oder verkürzend Psychiatrie.

Der Lausige

Studienrat Teichmann holte auf dem letzten Absatz vor dem zweiten Stock tief Luft, doch die erhöhte nur einen völlig lächerlichen Druck in der Magengegend. Seit mehr als einem Monat hatte sich auf dem Weg vom Lehrerzimmer in die Oberprima eine Beklemmung in Studienrat Teichmann breit und breiter gemacht, die ihm anfangs komisch erschienen war. Ich bin doch kein Referendar mehr! Mittlerweile war sie geeignet, das Attribut Angst anzunehmen. „Lächerlich", murmelte der alte Mann vor sich hin und schickte sich ungläubig in eine Resignation, die ihm, dem Lehrer aus Begeisterung, fremd war.

Endlich, fünf Minuten nach dem Pausenzeichen, betrat er die Oberprima. „Guten Morgen, die Herren!" Seine Jovialität fiel auf den Boden, wurde von ‚den Herren' nicht einmal belächelt. Neuer Anlauf: „Wir wollen heute …" Halber meldet sich, nicht beachten, nimmt er sich vor. „Herr Studienrat!" „Goethes Faust, zweiter Teil, wollen wir heute durchnehmen." „Herr Studienrat!" „Nehmen Sie bitte die Texte hervor!" „Herr Studienrat!" „Was gibt es denn, Werner?" Studienrat Teichmann hielt etwas auf Vornamen und stand nicht nur darin seinen Kollegen um etliches nach.

„Sie wollten mit uns noch vor den Ferien ‚Die Lausigen' von Stephan Diederhoff durchnehmen." „Das hat Zeit." Und wie immer in den letzten Wochen übernahmen sich die Stimmbänder des alten Studienrates bei diesem Satz, nur klang es heute noch schriller, noch verkrampfter. Und die Schweißperlen auf der Stirn des Lehrers taten ein Übriges, um die Minen der Herren Oberprimaner mit eisigem Hohn zu überziehen.

Der alte Mann hielt sich was zu Gute, wenn er seinen Oberprimen zu Anfang des Jahres anbot, etwa die Hälfte der zu besprechenden Literatur selbst zu bestimmen. Er war schon immer ein Verfechter dieser modernen Auffassung gewesen, auch damals schon, als vor fünfzehn Jahren Stephan Diederhoff sein Schüler gewesen war.

Dieser Diederhoff war immer ein Querkopf gewesen, hatte Tardieu besprechen wollen, Sartre und andere. Kein Sinn für die klassischen Kunstideale. Und jetzt schrieb dieser Diederhoff also selbst, rächte sich an ihm, der ihm so oft das Wort verboten und seine Arbeiten immer nur mittelmäßig beurteilt hatte. „Sie sind ein Feigling!", hatte Stephan zu ihm gesagt, als er ihm zum Abitur gratulierte. „Sie hätten mir eine sechs oder eine eins geben müssen, das wissen Sie!" Er hatte nichts gegen die ,unreifen' Äußerungen eines mit dem Zeugnis der ,Reife' Ausgezeichneten unternommen.

Am nächsten Tag trat ein angezählter Mann mit verbissenem Gesicht auf einem verkrampften Körper in den Ring der Oberprima. Kein Gruß. „Sie wollen ,Die Lausigen' durchnehmen? Bitte, bitte, meine Herren! Mir soll es recht sein, wenn Sie die letzte Gelegenheit, mit den Ideen der klassischen Literatur Bekanntschaft zu machen, versäumen, um sich dem zweifelhaften Masochismus hinzugeben, die dreckige Fantasie entarteter Schmutzfinken wiederzukäuen."

Laute Entrüstung breitete sich in der Pause seines schweren Atemholens aus. Die Klasse tobte. Studienrat Teichmann versagte die Stimme völlig, mühsam raffte er sich auf, drohte den Flegeln mit erhobener Hand und stürzte hinaus, um drei Wochen lang einem tückischen Nervenfieber zu erliegen.

Kaum genesen – die Oberprima hatte ihn aufgegeben und duldete ihn mit dem Mitleid von Backsteinen – erhielt er eine Einladung zum Klassentreffen der ‚Fünfzehnjährigen‘. Als ehemaliger Klassenlehrer musste er hin, und er musste auch um seiner selbst willen hin.

Stephan Diederhoff wurde die Attraktion des Abends, als er reichlich spät ankam – „es ging kein anderes Flugzeug, und ich hatte unbedingt in Rom wegen der Dreharbeiten zu ‚Die Lausigen‘ verhandeln müssen." Er stahl den Ärzten, Fabrikanten, Lehrern die Show, gewann spielend die Kür des charmanten, erfolgreichen Platzhirsches durch seine bloße Gegenwart und schwamm wohlgefällig auf der Bewunderung der Gattinnen seiner ehemaligen Klassenkameraden. Wobei er eigentlich keine männliche Schönheit war. Ein etwas zu großer Kopf saß auf einem etwas zu kleinen Körper, der leicht, ganz leicht gedrungen, rundlich wirkte.

„Guten Abend, Herr Studienrat! Was gibt es Neues im Faust?" „Ach, Stephan, ich darf Sie doch beim Vornamen nennen, das tue ich immer, wissen Sie …" „Natürlich."

„Stephan, ich habe ja immer gewusst, dass Sie das Zeug haben. Doch war es meine Pflicht, Sie zu bremsen. ‚Die Lausigen' ganz ordentlich, ich lese sie gerade in meiner Oberprima."

Darwinistisches

Der Mensch stammt von den Hühnern ab.
Schau nur, wie sie verbissen auf ihren Handys rumpicken.

Vertrauensbruch

Die beiden Herren trafen sich an „ihrer Bank". Sie zählten nicht mehr zu den „älteren Herren", sie waren alt, die Herren[3]. Als alte Herren hatten sie sich Zeit gelassen. Nach etlichen Begegnungen, zufälligen Begegnungen, hatten sie irgendwann angefangen, mit kaum merklichem Kopfnicken voneinander Notiz zu nehmen. Es wäre wohl dabei geblieben, wenn nicht der eine bei so einer Begegnung gestrauchelt, gestolpert wäre und der andere, der gerade seinen Kopf leicht neigen wollte, ihm nicht mit ausgestreckten Armen zur Hilfe gekommen wäre.

„Danke es geht schon!" „Wollen Sie sich nicht setzen? Da ist eine Bank." Und die war dann ,ihre' geworden. Bei ihr trafen sie sich mittwochs. Nicht bei jedem Wetter, aber bei fast jedem. Sie kamen immer ziemlich zur gleichen Zeit, mal der eine, mal der andere etwas früher oder später.

Da saßen sie und schauten auf den Teich und schwiegen die meiste Zeit und sprachen, wenn überhaupt, übers Wetter, die Enten, den Reiher, wenn er denn mal da war, die Spaziergänger, die Kinder. Sie hatten sich nicht gegenseitig vorgestellt und dabei beließen sie es.

Irgendwann hatte der eine, der mit dem schlohweißen Haar, gefragt: „Wieso kommen Sie immer mittwochs in den Park?" Der andere, der mit dem ewig gleichen Hut

---

[3] Alte Herren scheinen älter als „ältere Herren" zu sein – wie das?

auf der Glatze, ließ sich Zeit mit der Antwort. Als der Schlohweiße schon resignieren wollte, gab sich der mit dem Hut einen Ruck, richtete sich gerader als gerade auf und sprach in Richtung Teich: „Weil das mein Kinotag war." „Ach so." Schweigen. Irgendwo kreischt ein Kind. Eine Turmuhr schlägt. Entferntes „Ta-tü-ta-ta". „Ich bin gern ins Kino gegangen, jeden Mittwoch." Pause. Ein Hund jagt, parkordnungswidrig nicht angeleint, eine Ente ins Wasser.

„Ich habe meine Zeit strukturiert. Mittwoch – Kinotag. Nicht nur, weil es in manchen Lichtspielhäusern an diesem Tag billiger, sondern weil es Mittwoch war. Donnerstag – einkaufen für die ganze Woche. Morgens Einkaufszettel und nachmittags Aldi, EDEKA und Metzger, gelegentlich auch noch eine Drogerie. Anschließend Café – eine Art Belohnung. Donnerstag ist gut fürs Einkaufen, nicht so voll wie Freitag und Samstag." Was an den übrigen fünf Tagen vorgesehen war, ließ er offen, zu persönlich oder zu viel Gerede.

Der Schlohweiße: „Sie gehen nicht mehr ins Kino?" „Nein, nicht mehr." Der Schlohweiße wendet sich vom Teich ab und dem mit dem Hut zu: „Wieso?" „Mir wird schlecht. Ich bekomme Magenkrämpfe, wenn neben, vor und hinter mir eimerweise Popcorn vertilgt, gemuffelt wird. Das Geraschel und Gemampfe geht mir auf die Nerven. Und dann der Geruch! Man denkt, man gewöhnt sich an den Gestank ....

Der Geruchssinn ist uns ja eigentlich gnädig. War er mir anfangs auch. Dann aber, so mit der Zeit und der epidemischen Verbreitung dieser Unsitte wurde ich wohl allergisch. Je länger ich dem Mief ausgesetzt war, desto intensiver beleidigte er meine Nase, desto öfter krampfte mein Magen, würgte es mich in der Kehle, bekam ich Hustenanfälle. Das störte die Fresser und ich – ich gebe es zu – genoss ein wenig meine Rache. Schließlich gab ich auf, suchte das Weite und schleppte den Gestank mit meinen Kleidern bis in meine Wohnung. Gelegentlich kommt es mir so vor, als ,dufte' es heute noch nach dem Zeug, was natürlich Einbildung ist." Beim Wort ,dufte' hatte der Herr mit dem Hut die Lippen wie zu einem Kuss geschürzt.

„Vermissen Sie das Kino nicht?" „Nein, eigentlich nicht." Der Schlohweiße schaut den mit dem Hut fragend, leicht ungläubig an. „Wissen Sie, die Filme gleichen sich. Nun ja, von Genre zu Genre gibt es Unterschiede. Aber nehmen Sie zum Beispiel ,Thriller' genannte Krimis. Nach einigen Jahren des Konsums werden sie sich immer ähnlicher, kann man sie kaum noch voneinander unterscheiden. Zumindest in der Erinnerung gleichen sie sich wie ein Ei dem anderen. Trotz aller Unterschiede in Farbe, Form und Größe erscheinen uns Eier alle gleich – wie Krimis eben. Und dann die Liebes- oder die Heimatfilme – alles eine Sauce!" Der Schlohweiße zündet sich eine Zigarette an.

„Der Teich hier entschädigt mich, könnte man sagen. Das einzige, was er nicht bietet, ist vielleicht die Komik. Obwohl die Spaziergänger, die Frauchen und Herrchen der Hunde – unkomisch sind die nicht." „Konnte das

Fernsehen Sie nicht entschädigen?" „Kaum, von wenigen Dokumentationen einmal abgesehen, langweilt mich das meiste. Manches, nicht nur die ewige Reklame der Kommerziellen, macht mich ärgerlich bis wütend. Mich würgt es, wenn ich an Talkshows und Quizsendungen denke. Ich liebe das geschliffene Wort, die zündende Pointe der Kabarettisten. Was sich die Comedians im Heimkino an Albernheiten und Geschmacklosigkeiten leisten – da ziehe ich fast Popcorn vor, sozusagen lieber Magen- als Kopfschmerzen. Weil mir das fehlt, gehe ich gelegentlich ins Kabarett, am Sonntag, meinem Kulturtag. Morgens eine Symphonie von einer CD, nachmittags eine Lesung oder ein Konzert und abends Oper, Theater oder eben Kabarett."

„Wie entschädigt Sie der Teich?" „Es geschieht Drumherum und auf dem Teich so viel, zugegeben meist langsamer, unaufdringlicher, weniger drastisch und unblutiger als im Film. Der atemlose Zeitraffer der Filme ist der Natur fremd. Ich habe gelernt, Geduld zu haben. Die Jahreszeiten, da spielen sich Dramen in Zeitlupe ab. Kein Hollywoodregisseur kann Annäherndes inszenieren. Die Herbst- und Frühjahrsstürme, kein Gruselfilm kann spannender, erschreckender, grausamer sein. Die Balzzeit ein Liebes- und Lustspiel in unzähligen Akten, ein Geschnatter und Geflatter, eine Intrige jagt die nächste, ein Hauen und Stechen – alles, was ihr wollt, und mehr als Shakespeare verspricht und halten kann. Die Brut- und Kükenzeit – die Filme der fünfziger Jahre, der Nachkriegskitsch, waren nicht annähernd so süß, so rührend, so hinreißend lieblich, so herzschmerzlich."

„Sie reden sich die Lust am Kino klein. Wieso haben Sie ihr Vergnügen so sang- und klanglos aufgegeben? Warum haben Sie nicht protestiert, gekämpft für eine popcornfreie Zone, ein Verbot, ein Zweikammerkino, so wie es in manchen Gegenden Restaurants mit Räumen für Raucher und Nichtraucher gibt? Sie haben sich den Gestank, die Popcornunkultur einfach gefallen lassen! Warum haben Sie nichts getan?" „Wie stellen Sie sich das vor? Hätte ich Stinkbomben werfen, Popkornmaschinen stürmen und in die Luft sprengen sollen?" „Sie hätten Gleichgesinnte, Betroffene, wenn nicht gar Geschädigte suchen und aktivieren sollen!"

„Ich hatte immer den Eindruck, ich sei der einzige, der leidet, dessen Magen revoltiert. Fast alle fressen dieses Zeug, Kleine – Große, Dicke – Dünne, Junge – Alte, Frauen wie Männer, Blöde und Gescheite, Reiche – Arme, einfach alle!" „Sie könnten sich irren. Vielleicht hat eine schweigende Mehrheit resigniert wie Sie! Vielleicht gibt es Tausende wie Sie! Die wahren Cineasten haben sich vom Gestank vertreiben lassen. Für die wahren Cineasten sollten Sie auf die Barrikaden gehen. Vielleicht sind die Popcornvertilger, die mümmelnden Parasiten der Lichtspielkultur nur ein Haufen von skrupel- und rücksichtslosen Zivilterroristen!"

Der mit dem Hut: „Ist bloßer Gestank ausreichend für ein Verbot?" „Wohl kaum! Es müsste Schädlichkeit nachgewiesen werden so wie beim Passivrauchen. Magenkrämpfe könnten Vorstufen von Magen- oder Bauchspeicheldrüsenkrebs sein. Wer weiß das schon?" „Wir müssten ein politisch hyperkorrektes Forschungsinstitut oder einen popcornaversiven Wissenschaftler finden. Das wäre gut für so einen Nachweis, den Beweis, dass Popcorn eine Seuche ist!" „Wenn der Mais dann noch genmanipuliert ist, müsste das ein Kinderspiel sein." „Wir sollten einen Verein oder besser gleich eine Partei gründen!" „Wir brauchen Sponsoren, um uns zu organisieren! Wir brauchen Geld für Kampagnen, Informationsbroschüren, Flugblätter, heutigen Tags wohl Flyer."

Die beiden mundfaul gewordenen Herren ereiferten sich in einem ihnen selbst seit Jahrzehnten ungewohntem Maß. Sie redeten und redeten gegen und spielten sich die Bälle zu als seien sie immer noch die Hallenhandballstars ihrer Pennälerzeit, ein Sport, von dem sie beide völlig unabhängig voneinander mit dem Elan und dem Enthusiasmus der Jugend begeistert gewesen waren. Hätten sie von dieser längst verblühten Leidenschaft gewusst, sie hätten sich – vielleicht – einander vorgestellt.

Der Schlohweiße, etwas resigniert: „Was könnten wir tun?" „Ich könnte bei Facebook eine Notiz, einen Aufruf veröffentlichen oder ein Blog zum Thema ‚Umweltvergewaltigung durch Popcorn' starten." „Sie kennen sich aus?" „Nach meiner Pensionierung musste ich feststellen, dass ich mit dem PC Schwierigkeiten hatte. Im Büro waren immer Fachleute verfügbar, die sich der wahrlich nicht seltenen Probleme annahmen, die sie behoben. Ich hatte mich nie selbst kümmern müssen. Also blieb mir gar nichts anderes übrig, als an einer PC-Schulung teilzunehmen. So wurde der Montag mein Studientag. Zurzeit bin ich als Senior Gasthörer an der Universität. Das hält die grauen Zellen auf Trab. So Manches, was mich mein Leben lang interessiert hat, kann ich jetzt nachholen oder vertiefen."

Bei den nächsten Treffen informierte der mit dem Hut regelmäßig und ausführlich über die Facebook- und Blogkommentare. Eine Flut sei es, viel mehr als er in seinen kühnsten Träumen erwartet hätte. Er könne nicht alles berichten, die meisten stimmten ihm einfach zu, empfänden Popcorn als eine Art Strafe, unverdient. Vieles sei trivial oder habe nichts mit ihrem Anliegen zu tun. Einiges verstoße gegen den guten Geschmack. Da wollte der Schlohweiße Beispiele hören. „Einer schreibt: ‚Poppiges Popcorn, Korn, das poppt. Rammelkorn! Das poppt ungemein, fast so krass wie ‚geil'." Ein anderer meint, darauf hinweisen zu müssen, dass eingedeutscht ‚Popcorn' nichts – und das sei tröstlich – mit dem vulgärwestfälischen ‚Poppen' zu tun habe auch wenn's so – analog gedacht – rieche. Es stinke wie in billigen Puffs. Zwar nicht genauso aber genauso übel. Verdeutscht sei Popcorn nichts anderes als Puffmais – nomen est omen! Ein anderer: ‚Popcorn ist eine Beleidigung der Nase, was soll's? Sind Sie schon mal übern Fischmarkt gewandert?'" „Der hat doch recht! Da kann ich nichts Anstößiges dran finden."

Eines Mittwochs konnte der mit dem Hut stolz verkünden: „Endlich ist auch Geld für Werbematerialien eingegangen. Nicht viel aber immerhin fünfundsiebzig Euro." „So viel, wie Sie letzthin in einer Lotterie gewonnen haben?" Das leicht misstrauische Fragezeichen am Ende des Satzes war kaum zu vernehmen.

Weitere Kommentare und Beiträge:
„Der Verband der Kinobetreiber droht mit Klage gegen uns. Wir sollen aufhören, das Popcorn zu diskriminieren! Unterlassungsklage!"
„Ein Institut, ein sozialwissenschaftliches, bietet uns eine Untersuchung an. Sie wollen unsere Hypothese, Popcorn sei gesundheitsschädlich, prüfen." „Wäre nicht ein medizinisches angebrachter?" „Nicht unbedingt, sie wollen medizinischen Sachverstand, Gutachter und Berater, hinzuziehen. Sie rechnen je nach Aufwand, den wir betreiben wollen, mit einigen Hunderttausend Euro an Kosten. Wenn wir Wert auf hieb-und stichfeste Ergebnisse legen sollten, könnten es gern auch mehrere Millionen werden." „Klingt nicht gerade seriös."
„Einer will geruchloses, geruchsneutrales Popcorn erfunden haben oder regt an, es zu erfinden. So richtig klug bin ich aus dem Beitrag nicht geworden. Ich meine, dass geruchloses Popcorn auch geschmacklos sein könnte – so geschmacklos wie sein Verzehr überhaupt."
„Die Schädlichkeit von Popcorn ist erwiesen', schreibt ein Polizist. Es habe sich in seinem Popcorneimer ein nicht aufgeblähtes Korn befunden. Er habe herzhaft zu-

gebissen und sich einen Zahn abgebrochen! Ein anderer klagt, seine Tochter sei am Popcorn fast erstickt. Sie habe, den Mund voll Popcorn, filmbedingt lachen müssen und so habe sie sich verschluckt."

Meist redete der mit dem Hut, aber nicht immer. „Nächsten Mittwoch werden wir uns nicht treffen können", verkündete der Schlohweiße: „Mein Enkel besucht mich. Der dürfte Ihnen gefallen, ein totaler EDV-Freak, blödes Wort!" „Bleibt er lange?" „Nein, auf einer Durchreise bleibt er nur ein paar Stunden. Der ist immer unterwegs, im In- und Ausland. Eine Tagung hier, ein Seminar dort, Meetings, Konferenzen – alles dienstlich und weiß Gott nicht zu seinem Schaden. Was die in der Computerbranche zahlen, ist schier unglaublich!" „Dann muss er gut sein, ihr Enkel." „Ist er, ist er!"

Am übernächsten Mittwoch wurde dem mit dem Hut der Nachmittag lang. Er vermisste seinen – na, was denn? – seinen Freund? …seinen Partner? …seinen in Anlehnung an Defoe ‚Mittwoch'? Auch an den nächsten Mittwochen kam der Schlohweiße nicht. War er weggezogen? Unwahrscheinlich. War er krank? Hatte er einen Unfall gehabt? War er gar gestorben? Vielleicht. Der mit dem Hut bekam eine Gänsehaut. Was war geschehen? Ihm fehlten Name, Telefonnummer oder Adresse.

Möglicherweise oder wahrscheinlich hatte der Schlohweiße seinem computernärrischen Enkel von den Facebook- und Bloggeraktivitäten des Herrn mit dem

Hut erzählt. Und der Enkel hatte nichts dergleichen im Netz gefunden.

Wahlen

Bei einer Misswahl muss es nicht immer um Schönheit gehen. Es kann auch z. B. ein neuer Schuh drücken.

Einsamkeit

Du bist an dem Nachmittag noch einmal weggegangen. Erinnerst du dich? Streng dich an. Du weißt, die Tage im November sind grau. Dreißig graue Tage und du sollst dich an den einen erinnern.

Du gingst einfach los, einfach gezogen, getrieben. Du schobst dich aus deinem Zimmer. Du gabst die Wärme auf. Du entflohst dem Rechteck, dem Radio, dem Stuhl. Dir waren deine Schritte in den Ohren, Schritte im hallenden Treppenhaus. Deine Schritte begleiteten dich durch die Straßen, zwischen Häuserfronten, Steintunnel mit welligem Nebel bedeckt. Du gingst zum Fluss. Rauchtest seinem Dunst den Qualm deiner Zigarette entgegen. Du suchtest das andere Ufer. Und genossest das Gefühl, als deine Augen im Nebel nichts fanden.

Du blöktest die Nebelsirenen der Kähne an als seien sie Kühe und ließest dich von den Schemen der Passanten zum Lachen reizen, auch das schluckte der Nebel. Du murmeltest Zauberformeln, Beschwörungen, magische Sprüche vor dich hin – dich schluckte der Nebel nicht.

Dich schluckten die Menschen auf der Straße, der Straße der Läden, der Geräusche, der wechselnden Gerüche. Suchtest die Gesichter, zähltest sie ab. Alle verschiedenen Gesichter sahen dich gleich an, durch dich hindurch, sahen dich nicht. Ihre Stimmen, ihr Atem, der Geruch ihrer Haut, das Scharren ihrer Füße, die Müdigkeit, Sattheit, ihr Hunger, ihre Angst, ihre Gier, ihre Zufriedenheit, Frieren, Husten, ihr Fieber, ihre Uhren und Kleider und Nasen und Augen und Beine und Taschen und Hüte – du hast sie gezählt, hast sie gesehen, gerochen, gehört, hast sie geschmeckt, gefühlt.

An dem Nachmittag hast du einen Buchladen betreten, einen Bildband aufgeschlagen. Hast deinen Fingerabdruck auf einer Seite hinterlassen, den keiner entdecken wird. Die Seite nahm nicht mehr von dir. Und sie zeigte dir dafür dein Gesicht, wie es fünftausend Jahre vor diesem Nachmittag in die Pyramiden gelegt worden war. Ganz stumm ist es in dir geworden, die Zeit begriffst du nicht.

Alt und ruhig sah dich die Straße wieder. Es wäre dir nicht schwer gefallen, in die Dachrinnen der steilen Patrizierhäuser zu spucken. In einem Laden mit Stehtischen nahmst du eine Tasse heißen Kaffees zu dir und hast deinen Kehlkopf wieder entdeckt, hast deinen Magen gespürt und fülltest dich aus.

Deine Lippen haben über dich gelächelt, erinnere dich daran.

Damen

Die Malediven sind eine Inselgruppe
und keine Gruppe schlechter Frauen.

Elektromobilität

Autohersteller, die etwas auf sich halten, investieren in Elektromobilität. Gemeint ist nicht die Mobilität von Elektronen, sondern die von Autos. Elektroautos haben unter anderem den Vorteil, leise, von Fahrtwind- und Reifengeräuschen einmal abgesehen, lautlos dahin zu gleiten. Was dem Fahrer sin Nachtigall, is dem Fußgänger unter Umständen sin Uhl[4]! Ein heranfahrender PKW, der kaum zu hören ist, kann einem Fußgänger, der sich auf sein Gehör verlässt und gewillt ist, die Straße zu überqueren, Unglück bringen – Schrammen, Verletzungen, Knochenbrüche, mitunter den Tod. Das wollen Autohersteller, Humanisten und der ADAC nicht. Deshalb tüfteln Entwicklungslabors an elektroautofreundlichen, Passanten warnenden Geräuschkulissen.

Nach dem international renommierten Verkehrsexperten Prof. Dr., Dr. h.c. Höppen sind bei Geräuschkulissen grundsätzlich zwei verschiedene Entwicklungsstränge zu unterscheiden. Die zu oktroyierenden Elektromobilitätsgeräuschkulissen können

a. sich an den Geräuschen von Verbrennungsmotoren, also dem gewohnten Auspuffröhren, -dröhnen, -knattern, -brummen orientieren oder

---

[4] Universal Lexikon (Internet): ... Was dem einen sin Uhl, ist dem andern sin Nachtigall. - »Uhl« ist das niederdeutsche Wort für »Eule«, die im Volksglauben oft als Unglücksbringer angesehen wird.

b. einen eigenen, neuen, Herz und Seele vielleicht sogar erfreuenden Sound kreieren.

Die Geräuschimitate nach Kategorie a. hätten, so Prof. Dr., Dr. h.c. Höppen, den Vorteil, dass sich die Gemeinschaft der Automobilisten akustisch nicht in zwei Klassen aufspalte. Man könnte mit den Ohren zwischen Stinkern und Nichtstinkern keinen Unterschied finden. Gesellschaftspolitisch sei Stigmatisierung vorgebeugt.

Obwohl sich der Professor in seinem dreibändigen Klassiker „Dein Auto und seine Töne" um wissenschaftlich neutrale Objektivität bemüht, schimmert seine Vorliebe für die Sounds nach Kategorie b. mehrmals durch. Im dritten Band schwärmt er von melodischen, romantischen, harmonischen Autoklängen. Er bejubelt geradezu ein Straßenorchester, eine Straßensymphonie!

Einem findigen amerikanischen Nähmaschinenfabrikanten gelang es allerdings, die beiden von Herrn Prof. Dr., Dr. h.c. Höppen kategorisch diskriminierten Kategorien miteinander zu verknüpften. Er beauftragte ein Akustikstudio, das sirrend morsende Geräusch, das seine elektrischen Nähmaschinen produzieren, zu imitieren und verkaufte es dann einem chinesischen Autohersteller für seine Minielektroautos. Ein leuchtendes Beispiel, wie man aus Werbungskosten Profit schlagen kann!

Japaner griffen die Symphonievisionen des Professors auf und entwickelten für ihre Luxus-E-Wagen an- und abschwellende, ineinander fließende Gongtöne von geradezu betörender Harmonie. Es soll Fans geben, die mit Tonbandgeräten diesen Autos auflauern.

Im kulturell bemühten, musisch musikalischen Europa macht dank GPS[5] und eines zu geringen Kosten einzubauenden Moduls eine bahnbrechende Idee Furore. Von Bayreuth aus tritt sie ihren Siegeszug durch Europa und – lang wird's nicht dauern – global an. Was auch immer das E-Gefährt an Geräuschen produziert, ob nach Kategorie a. oder b., an den Stadtgrenzen von Bayreuth übernimmt Wagner den Taktstock. Bayreuth feiert seine Festspiele nunmehr ganzjährig! Salzburg zieht mit Mozart nach, und in New Orleans jazzt die Altstadt 24 Stunden am Tag.

Selbst Hamburg, Köln, diverse Mittel- und sogar Kleinstädte beglücken ihre Bürger mit klassischer Musik, mit Pop und Schlagern, mit Opern, Operetten, Musicals und Chansons und zwar in Straßen, die nach Komponisten oder berühmten Interpreten benannt sind. Von Anfang bis Ende solcher Straßen ist Kultur angesagt. Es soll allerdings bei Anwohnern schon zu Beethoven- und Strawinsky-, zu Lena-, Piaf- und Lindenbergallergien gekommen sein.

In London experimentiert ein Shakespearejünger mit Shakespearedramen, um den unzähligen nach diesem Dichterfürsten benannten Straßen gleiche Ehre zukommen zu lassen. Sollte er – was kaum zu bezweifeln ist – Erfolg haben, können Sie sich glücklich preisen, wenn Sie nicht in einer Goethe- oder Waalkesstraße wohnen.

---

[5]Wikipedia: Das Global Positioning System (GPS; deutsch Globales Positionsbestimmungssystem), offiziell NAVSTAR GPS, ist ein globales Navigationssatellitensystem zur Positionsbestimmung.

Verwechselung

Beim Multivan handelt es sich nicht um eine kürzlich entdeckte Variante einer schizophrenen Erkrankung, sondern um ein Familienauto oder Kleintransporter.

Sonntagsvergnügen

Halali!
Und einmal jagen sie dich. Jagen dich, wo sie dich finden.
Hetzen ihre Hunde.

Halali!
Ihr Kreis zentriert sich auf dich. Du bist der Mittelpunkt
ihrer Geometrie. Sie pressen dich aus deinen drei Dimen-
sionen. Sie eindimensionieren dich. Quadrieren dich. Tei-
len dich durch Null. Du, ein Faktor in ihrer Kalkulation.

Halali!
Die Sau ist tot! Die Hatz beendet! Auf, auf zum fröhli-
chen Fressen!

An einem Sonntagmorgen eines ansonsten friedlichen
Tages pirschte eine Meute dickwanstiger Männer hinter
ihren Hunden durchs Unterholz. Im Unterholz, im Ge-
strüpp, zwischen perlnassen, schnellenden Gerten walz-
ten sie ihre Spur. Das Stück Vieh, das edle Tier lag vom
Schall und Mief ihrer wollüstigen Gier betäubt im Gras.

Halali!
„Warum hast du so große Füße?" „Damit ich dich besser
zertrampeln kann!"

Halali!
Über den weichen Hügeln war die Sonne aufgegangen.
Über einen Hügel schallten die Rufe der Häscher, zogen
ihre fächerweite Bahn durch die seidige, kühle Luft, fä-
chelten über das Tier hin. Fünfunddreißig groß- und
kleinwaidmännische Kaliber hingen noch friedlich in den

Armbeugen der Heckenschützen, der Hinterhaltsparti-
sanen.

Halali!

Und während du eine von siebenunddreißig Gewinn-
chancen belegst, spielen sie ihr Roulette mit dem Un-
sicherheitsfaktor ihrer Laune.

Halali

Herr Direktor blieb einen Schrittlang stehen und wischte
sich den Lustschweiß seiner Artgenossen aus der Stirn.
Das Tier auf der schonungslos offenen Kuppe des sanf-
ten Hügels richtete sich auf, vergaß seine Erfahrungen
und äste, ein prächtiges Standbild, Schnappschussfoto,
Schussziel, Blattschuss. Das Tier, das dumme Vieh, stand
klar und scharf abgezeichnet gegen den durchsichtigen
Himmel, kompensierte in Übersprunghandlung, mästete
sich marktgerecht.

Halali!

Und drei mal drei ist Einerlei. Mit Kanonen schießt man
nur auf Spatzen!

Halali!

In des Mittags friedlich lauer Stunde hatte sich der Kreis
der Jäger bis an den Rand der Schonung vorgewagt. Jetzt
standen sie, die einen gedeckt vom Unterholz kultivierten
Mischwaldes, die anderen freimutig, heldenhaft zwischen
knöchelhohen Setzlingen und nahmen den oder jenen
erbaulichen Schluck aus hierhin und dorthin gereichten,
wohltemperierten Flaschen. Ihre Hunde lagen auf der
Strecke zwischen ihnen und dem allseits sichtbaren Tier

im gelbdürren Gras, bodenangeschmiegt, Schuss und Sicht freigebend.

Halali!

Zum letzten Akt! Stärkt euch! Ermannt euch! Hoch die Flinten! Hoch das Rohr! Potz Teufel und Donnerschlag alle Wetter! Lustig ist das Waidmannsleben, und der Amboss fällt nicht weit vom Stamm!

Halali!

Die Gesellschaft, in diesem Fall drei Dutzend Jäger, setzte sich in Bewegung, behutsam Schritt vor Schritt, von allen Seiten, geradewegs auf den Schnittpunkt ihrer morgendlichen Ertüchtigung zu. Sacht aber zielstrebig, vorsichtig aber fortschreitend, jeder Zeit zur Reaktion bereit, lockend, frohlockend verringerten sie den Radius, stiegen balancierend über die Runde ihrer Hunde hinweg, die sie ja nun nicht mehr brauchten. Und standen erst schrittweit vom Tier wieder still. Angesicht zu Angesicht ihren Kollegen gegenüber. Von Angesicht zu blöde unverständiger Tiervisage.

Halali!

Das Vieh, das Tier, das Wild, die Kreatur starrte sie an, starrte mit wesenlosem Blick einen nach dem anderen an. Drehte den Kopf, drehte ihn in der Runde der Jäger. Das Tier drehte seinen schlanken Rehhals, seinen glatten Kitzhals, drehte sich den Hals um, knickte in den starren Läufen ein, brach zusammen.

Da schossen sie denn, schossen auf den noch warmen Kadaver. Drei Dutzend Kugeln schlugen durch das tote

51

Tier in den Waldboden. Und – sie freuten sich. Und ihre Jagt war ihr Erfolg. Und ihre Beute war ihr Sieg. Und nächsten Sonntag ist wieder Jagd!

Halali.

Fliegenfresser

„In der Not frisst der Teufel Fliegen", hätte sich der überproportionierte Bürger sagen sollen, als er im Kreise seiner nicht minder beleibten Kegelbrüder nachts um zwölf die Kneipe verließ und meinte: „Wir sind ja anständig!" – denn sie gingen heim zu Weib und Kind.

Die ökologische Idee des Dr. Friedrich Schneider

Ich bin vom Senat erkoren, die Lebensgeschichte unseres hochgeschätzten Mit- und Ehrenbürgers Dr. h.c. Friedrich Schneider zu verfassen. Nach Ehrendoktor- und -bürgerwürde soll ihm nun, nach nur zehnjährigem, allerdings unermüdlichem und segensreichem Wirken, der grüne Gürtel mit Goldschnalle, der alternative Orden der Alternativen verliehen werden. Zum Festakt ist, was Rang und Namen hat, geladen. Die drei ersten Frisöre der City sind schon jetzt bis auf die letzte Minute ausgebucht. Ein Bildband: „Die ökologische Idee des Dr. Friedrich Schneider", soll erscheinen. Mit dem Text zum Buch bin ich beauftragt. Gerade jetzt warte ich auf das seit drei Wochen vereinbarte und nun in letzter Minute um zwei Stunden verschobene Interview mit dem vielbeschäftigten Ökologen.

Auch das Buch, dessen Text – wie erwähnt – ich die Ehre habe, schreiben zu dürfen, ist Beispiel für die Idee. Kaum war die Schrift mit einer Erstauflage von 150-tausend Exemplaren in der Diskussion, machten sich schon die Sättigungsanalytiker des Dr. F. Schneider-Instituts auf den Weg. Dieser bei der grassierenden Arbeitslosigkeit an sich schon zu begrüßende, Arbeitsplätze schaffende neue Zweig der Markt- und Meinungsforschung, hat in den letzten Jahren einen in der Studentenschaft selten gewordenen, geradezu emphatischen Beliebtheitsgrad erlangt. Leider wird schon ab nächstem Wintersemester an nahezu allen Universitäten mit Aufnahmebeschränkungen in den überall neu gegründeten Instituten zu rechnen sein.

Der Ansturm ist zu groß, obwohl noch gar nicht abzusehen ist, ob mittel- oder langfristig die Nachfrage nach qualifizierten graduierten oder diplomierten Sättigungsanalytikern – demnächst vermutlich offiziell Saturatiologen genannt – zu befriedigen ist. Der Engpass ist, wen wundert das bei der Jugendlichkeit dieses Wissenschaftszweiges, ja man möchte sagen, er sei den Kinderschuhen noch nicht entwachsen, der Engpass ist die Lehre. Es fehlen erfahrene Assistenten und Professoren, obwohl das immer noch private und staatlich nicht subventionierte Dr. Friedrich Schneider-Institut gerade in der Bewältigung dieses Problems seine vornehmste Pflicht sieht. Eines bestimmt noch sehr fernen Tages werden die Saturatiologen, ich will sie doch lieber weiterhin mit der volksnahem Bezeichnung „Sättigungsanalytiker" betiteln, ihre Feuerprobe bestehen müssen und feststellen, dass der nationale und internationale Arbeitsmarkt keine weiteren Sättigungsanalytiker mehr braucht. Bis es zu diesem vornehmen Akt der Selbstbeschränkung – ich möchte sagen Selbstbesinnung ganz im Sinn der F. Schneidertheorie – kommen wird, werden wir weiterhin den nahezu täglichen Expansionsmeldungen dieser Wissenschaft fasziniert lauschen.

Wie gesagt, die Höhe der Erstauflage war schon in der Diskussion, aber noch nicht festgelegt, als Dr. Schneiders Analytiker bereits recherchierten. Mit dem Instrument, das nur Ignoranten Fragebogen nennen, mit dem Instrument, das den verdienten Ruhm des Dr. Schneider begründete, mit diesem Instrument, über das noch einiges gesagt werden wird, aber ich möchte dem Interview nicht vorgreifen, mit diesem Instrument hatten die Analytiker innerhalb einer Woche die mittlere Sättigungsquote für das zu produzierende Buch ermittelt. Sie lag exakt bei achtundneunzigtausendsiebenhundertdreiundfünfzig Stück.

Ich glaube, ich muss nun doch – das Interview scheint immer noch nicht zustande zu kommen – ich muss nun doch einiges im ganz und gar laienhaften Vorgriff zum Instrument sagen. Herr Dr. Schneider, damals noch schlicht Herr F. Schneider, hat Ende der achtziger, Anfang der neunziger Jahre mit der Entwicklung des Instruments begonnen. Wie und warum, wird er später selbst erzählen. Die genauen Details sind immer noch nicht bekannt, obwohl nun schon seit Jahren Diplom- und Doktorarbeiten dieses Thema behandeln. Fest steht lediglich, dass einer der frühen Entwürfe schon so genial war, dass die gesamte, bis dahin bekannte empirische Sozialforschung in Aufregung, wenn nicht gar Panik geriet. Obwohl Herr F. Schneider alles andere als ein Wissenschaftler oder gar Sozialwissenschaftler – man muss schon sagen war, denn bis heute hat sich einiges getan – obwohl er von Empirie, Methodik, Statistik etc. ganz volkstümlich gesagt, keine Ahnung hatte, war das Instrument auf Anhieb tauglich, konnten die Ergebnisse direkt in praktisches, konkretes Handeln umgesetzt werden.

Keine langwierigen Auswertungen, keine Wenn- und Aber-Hypothesen, keinerlei Gültigkeitseinschränkungen, Herr F. Schneider hatte die sozialwissenschaftliche kopernikanische Wende eingeleitet.

Mittels der Urfassung war es möglich, hypothetische Auflagen für Bücher, Zeitschriften, Prospekte, Fahrpläne, ja sogar Kunstdrucke, Gebrauchsanleitungen und was auch immer irgendwie mit Auflagen zu tun hatte, zu relativieren. Es zeigte sich, dass grundsätzlich, lediglich einige Werke der Trivialliteratur bildeten Ausnahmen, die geplante Auflagenhöhe real erheblich unterschritten werden konnte. Herr Dr. Schneider unterschied deshalb zwischen theoretischer und realer Auflage. Der dazu in der gewerkschaftseigenen Zeitschrift „Druck und Papier" erschienene Artikel machte das Instrument und seinen Erfinder schlagartig berühmt. Von nun an wandelte Herr Schneider im Licht der Öffentlichkeit. Neider und Konkurrenten versuchten eine Zeit lang, gegen das Schneiderinstrument zu opponieren, was sage ich, zu intrigieren, indem sie beispielsweise behaupteten, die gesenkten Auflagen führten zum Abbau von Arbeitsplätzen. Ein an den Haaren herbeigezogenes Argument, denn schon damals war die Mechanisierung und Automation in der Druckindustrie soweit fortgeschritten, dass kein Mensch mehr Hand anlegte. Und selbst wenn es so gewesen wäre, so hat das Schneiderinstrument unzählige Institutsgründungen und -erweiterungen, sowie in die zig tausende gehende Teams von Sättigungsanalytikern hervorgebracht und damit jede Menge Arbeitsplätze geschaffen.

Später dann haben dieselben Leute versucht, Dr. Schneider zu verleumden, als er im Zuge der Revision seines Instrumentes, nun schon in Zusammenarbeit mit seinen beiden Assistenten, Neumann und von Oberbaum – jetzt Gastprofessoren, einer in Oxford, der andere in St. Petersburg, die nach ihm benannte „Schneider-Kurve" entwickelte. Damals wurde – und wird wohl in aller Zukunft – bei der realen Auflagenhöhe zwischen einer mittleren einerseits und einer endlichen oder endgültigen andererseits unterschieden. Also konkret heißt das, und ich kann wieder die Festschrift als Beispiel heranziehen, dass die hypothetische Auflagenhöhe von 150.000 Exemplaren durch erste Sättigungsanalysen auf mittlere 98.753 relativiert wurde und nunmehr entweder errechnet oder empirisch erhoben auf endgültig 31.271 schrumpfen wird.

Die endgültige Auflagenhöhe ist wissenschaftlich exakt zu errechnen, indem – aber ich bin kein Wissenschaftler, das ist sehr kompliziert, ich überlasse die Erklärung lieber Herrn Dr. Schneider. Jedenfalls erhoben damals die Miesmacher – wie ich hoffe – zum letzten Mal Protest. Völlig unhaltbar schreiben sie die Schneiderkurve den Assistenten zu. Mit diesem von den Assistenten selbst als böswillige Lüge bezeichneten Winkelzug, wurde – Gott sei Dank vergeblich – versucht, die Ernennung des Herrn Schneider zum Doktor honoris causa zu vereiteln.

Als sie, die Neidhammel, mit derlei giftigem Geschwätz nichts wurden, wiesen sie schließlich in einseitig polemischer Absicht auf die finanzielle Seite der Schneiderkurve hin. Kein Mensch hat je ein Hehl daraus gemacht, und

Herr Dr. Schneider selbst am wenigsten, dass er sich zunächst 10% der eingesparten Material- und Entstehungskosten bezahlen ließ. Er lief damals selbst noch von Haus zu Haus, befragte, analysierte und relativierte Auflagenhöhen. Viele meinten damals wie heute, dass es nur recht und billig gewesen wäre, hätte er sich die Gesamtkosten der gesparten Auflage erstatten lassen. Schließlich sei der volkswirtschaftliche und gesellschaftspolitische sowie ökologische Nutzen als Folge der Relativierung von Auflagehöhen kaum schätzbar.

Was Dr. Schneiders Instrument allein an Schrank- und schließlich auch Wohnraum gespart, an verfügbarem Raum in Mülltonnen etc. geschaffen habe, sei unvorstellbar! Die Wälder, die nicht sinnlos in die Papiermühlen verfrachtet wurden, bedeckten ganze Landstriche. Brief- und Postboten seien ihres Lebens wieder froh geworden.

Nicht Image und Prestige nach dem Motto: „Das Buch gehört in meinen Schrank", nicht Gewohnheit, sturer Sammlertrieb, nein, ausschließlich der Verbraucher, der Gebraucher erhält ein Exemplar! Das ist beruhigend auch für mich, den Autor. 31.271 Menschen werden die Festschrift, die ich schreibe, lesen, zitieren, nicht nur besitzen sondern benutzen. Ich weiß, wofür ich arbeite. Ich bin persönlich Dr. Schneider dankbar. Ein guter Ansatz für das Interview!

Ich war beim Finanziellen stehen geblieben. Durch die Entdeckung der Differenz zwischen mittlerer und endgültiger Auflagenhöhe konnte Dr. Schneider seine Gebührenberechnung umstellen. Das wurde auch Zeit, denn nicht wenige Verleger und Produzenten manipulierten an den hypothetischen Auflagenhöhen herum und brachten so Dr. Schneider um beträchtliche Anteile seiner Einnahmen. Solche Leute hätten z.B. statt der tatsächlichen hypothetischen Auflage von 150.000 Exemplaren der Festschrift, von, sagen wir, nur von 100.000 gesprochen. Zwar hätte in solch einem Fall Dr. Schneider die Manipulation nachweisen können – hypothetische und mittlere Auflagenhöhe stehen in einem wissenschaftlich exakt zu bestimmenden Verhältnis zueinander – aber das wäre, wie in damaligen Fällen geschehen, nur in endlosen Prozessen zu klären gewesen.

Nun, nach der Entdeckung der Schneiderkurve mit ihren empirischen Fixpunkten „hypothetische", „mittlere" und „endgültige" Auflagenhöhe, wurden die Gebühren umgestellt. Der Verleger bezahlt ganz reell und objektivierbar 50% der Kosten, die gespart werden, wenn nicht die mittlere, sondern die endgültige Auflagenhöhe produziert wird. Auch daran deuteln Neider und Besserwisser, Wissenschaftsscharlatane und andere herum. Sie behaupten, dass die Bekanntgabe der mittleren Sättigungsquote die Reduzierung auf die endgültige verursache. Sicher gibt es die Verbindungen, sonst wäre ja auch die naturwissenschaftliche, mathematisch-statistische Berechnung der endgültigen Auflagenhöhe nicht möglich. Aber hier wird so getan, als handle es sich um einen Kausalzusammenhang, als sei die Frage nach Henne und Ei entschieden und das ist eine infame Unterstellung. So mancher potentielle Empfänger, der noch bei der mittleren Auflage berücksichtigt werden würde, überdenkt nochmals seinen Standpunkt und verzichtet dann ganz ausdrücklich, weil er eben zu dem Schluss gekommen ist, dass er das Produkt letztlich nicht nutzen wird.

Der Autor wartete nun schon mehr als drei Stunden. Etwas verärgert, darum entschiedener, aber immer noch sehr höflich, wandte er sich zum zweiten Mal an die Sekretärin. Die entschuldigte knapp mit Hinweis auf die Aktivitäten wegen der anstehenden Auszeichnung Herrn Dr. Schneider, versprach schriftliches Material und wünschte einen guten Abend.

Den machte sich der Autor, indem er in den Park ging, um sich nach dem langen Sitzen die Beine zu vertreten. Dort beobachtete er einen gut gekleideten älteren Herrn mit großer Aktentasche und schwarzem Spazierstock, den an einem Ende ein Silberknauf und am anderen Ende eine Stahlspitze zierten. Der ältere Herr pickte das vereinzelt herumliegende Papier auf, strich es glatt und legte es sorgfältig in seine Aktentasche. Verwundert, weil die Aufmachung und Erscheinung so gar nicht zur Tätigkeit zu passen schienen, sprach der Autor den älteren Herren an. Freundlich erhielt er Auskunft.

Ja, Altpapier sei sozusagen sein Hobby, bestätigte etwas verschmitzt lächelnd der ältere Herr. Er habe vor Jahren damit angefangen, jedwedes Papier zu sammeln. Mit der Zeit habe er auch bei Nachbarn und schließlich im ganzen Viertel Zeitschriften, Zeitungen, Prospekte,

Reklamezettel, einfach alles Altpapier zusammengeholt. Schließlich sei das ein ganz netter Nebenverdienst geworden. Und als er dann arbeitslos geworden sei und sich den Firmen als Verteiler für Postwurfsendungen angeboten habe, hätte er davon leben können. „Ach wissen Sie", sagte der ältere Herr vertrauensvoll zum Autor, „die meisten Menschen gaben mir gern schriftlich, dass sie auf Reklame und all die Papiere verzichten wollten. Deren Wurfsendungen habe ich dann gleich behalten, das sparte viel Arbeit. Ja, nun, ist das alles längst perfektioniert, die Sättigungsanalytiker lassen mir kaum noch etwas übrig. Da, sehen Sie selbst, die Ausbeute von vier Stunden!" Und der ältere Herr ließ den Autor in die offene, höchstens viertel volle Tasche blicken, lächelte und ging weiter.

Ein paar Tage danach erhielt der Autor die versprochenen Unterlagen für seine Festschrift. Oben auf lag ein Portraitfoto von Dr. h.c. F. Schneider und lächelte freundlich, etwas verschmitzt und ein wenig wie verschworen den Autor an.

Die kleine Welt

Herr Bauer hatte sein Büro und hatte auch eine Familie, Frau Bauer und die beiden Mädchen, zwölf und neun Jahre alt. Eine Eigentumswohnung in zweitbester Lage, einen mittelgroßen Erst- und einen wegen der Kinder nicht zu kleinen Zweitwagen sowie die

Gesamtausgabe der Werke von Schiller und Goethe nebst einigen Krimis und Hobbyheften für den Angler nannte er sein eigen. Bauers wohnten in einer großen Stadt. Herrn Bauers Büro befand sich, von der Eigentumswohnung aus gesehen, im Eckhaus die lange Straße hinunter, das bedeutete jeden Tag zweimal zehn Minuten Sportlichkeit.

Jeden Tag begegnete ihm auf diesem Weg Herr Philipp, dessen Namen er nicht kannte, der aber zweifellos unten in der Straße wohnte und oben sein Büro haben musste. Sie grüßten sich, die beiden Herren, und stellten wechselseitig immer wieder fest, wie klein doch diese Welt sei, da man sich in ihr des Öfteren begegne. Und als sie sich in Italien anlässlich der obligaten Urlaubspilgerfahrt zufällig trafen, wie unermesslich war da ihre Freude und Beruhigung, dass sich ihre Weltanschauung bestätigt hatte.

Die Verlobung

Ich trug wohl mal wieder den grauen Weltschmerz einer jener unsterblichen Lieben, deren Anzahl in krassem Widerspruch zu ihrem sehnsüchtig erträumten Gehalt stehen, mit mir herum, denn sonst wäre ich nicht so weit vor der Stadt allein gewesen. In den Flussniederungen, halb Moor, halb wildwucherndes Dickicht, stieß ich auf einen meiner Klassenkameraden. Er saß mit untergeschlagenen Beinen, mit auf der Brust verschränkten Armen und gesenktem Kopf hölzern steif auf den Uferkieseln.

Vor ein paar Jahren war er zu uns gekommen, hatte unsere Neugierde gelassen ertragen bis sie sich an seinem Schweigen und seinem ernsten, fast griesgrämigen Gesicht totgelaufen hatte. Er gehörte bald – irgendwie geduldet – zu unserer Klasse, ohne dass einer von uns mehr als seinen Namen gewusst hätte.

Jetzt saß er in der prallen Mittagssonne auf den weißen Kieseln, um ihn herum unzählige Schnaken und Mücken. Meinen Anruf schien er nicht zu hören. Erst als ich neben ihm stand, hob er den schweißüberüberströmten Kopf, richtete die Augen auf mich und langsam gebar sich in ihrer ausdruckslosen Leere ein Blick.

„Was machst du denn hier?" „Ich meditiere." Bei der letzten Silbe war seine Stimme klar und deutlich. „Lass das pennälerhafte Grinsen", nörgelte er. Mein unsicheres Verlegenheitslächeln verschwand. Während ich mich niederließ, dachte ich an die übrigen aus unserer Klasse.

„Sie hätten endlich einen Grund, über mich zu spotten", beantwortete er müde und ruhig meine Gedanken. Ich wusste nicht, was mich mehr irritierte, seine gänzliche Sicherheit und die Gelassenheit seines Ausdruckes oder meine Befangenheit, mein ungläubiges, unangenehm hilfloses Staunen.

Seit diesem ersten Tag unserer Bekanntschaft, die er nie erwähnte oder ausdrücklich anerkannte und die hauptsächlich von meiner Bewunderung und einer gewissen Sensationslust lebte, lieferte er mir noch viele Beispiele, dass er in mir wie in einem offenen Buch lesen konnte. In der Schule blieb er mir und den anderen gegenüber gleich, löste gelegentlich Lachsalven mit düster ernsten Redewendungen aus, ging zwischen uns in seiner leicht gebeugten, schleppenden Weise, störte nicht und ließ sich nicht stören.

Ab und zu besuchte ich ihn zu Hause. Seine Eltern bewohnten eine große, mit viel Geld ausgestattete Villa. Sein Vater war ein nüchterner Geschäftsmann, der die meiste Zeit verreist war. Seine Mutter, eine leicht hysterische, ewig leidende Frau, behandelte ihn mit formeller Höflichkeit eher wie einen Bekannten als einen Sohn. Bei meinen Besuchen begnügte er sich meist damit, meine Probleme durchzusprechen. Dabei war er weder überheblich noch altväterlich, so dass ich zu ihm ein unerschütterliches Vertrauen gewann. Er wurde mir eine Art Bruder.

Nur einmal sprach er von sich. Er redete sich geradezu in Begeisterung. Seine sonst so getragene, dumpfe und ziemlich langsame Redeweise wurde von hellen, kurzen Sätzen überrannt. Bislang, so sagte er, habe er immer eines äußeren Anstoßes bedurft, die grelle Sonne, die Haltung des Yoga, eine Kerze. „Gestern legte ich mich hin, dachte an gar nichts, lag nur so da und glitt ganz von allein hinüber." Als ich versuchte, mehr darüber zu erfahren, fiel seine gewohnte Maske über sein Gesicht. Er lächelte nur, machte sich nicht einmal die Mühe eines Versuches, mich einzuweihen. Obwohl ich ein wenig gekränkt war, besuchte ich ihn weiterhin.

Im Januar, als wir die schriftlichen Abiturarbeiten hinter uns gebracht hatten, und einige von uns, unter ihnen auch ich, schon das ersehnte Ende der Schulzeit ausgiebig feierten, kam er, wie schon oft in letzter Zeit, zu spät. Sein sonst starres, eher trauriges Gesicht wirkte hell und offen.

„Ich habe mich verlobt!", kam fest und selbstsicher die Entschuldigung von seinen Lippen. Wir trauten ihm alle keinen Scherz zu und starrten ihn nur ungläubig an. Auf dem Heimweg stelzte er mit hoch erhobenem Kopf neben mir her. Mit leichtem Unbehagen erwartete ich, dass er anfinge, einen Schlager zu pfeifen. „Mach nicht so ein Gesicht!", lachte er mir voll in die Augen: „Heute Nacht habe ich mich verlobt, das ist doch ein Grund zur Freude!"

„Lass den Quatsch!" Er blieb stehen. „Du musst es sehen?" Und er zog sich den linken Handschuh aus. Rund um die Wurzel des Ringfingers lief deutlich abgehoben von der weißbläulichen, kalten Haut ein roter

Streifen. „Ist dir jetzt wohler?" Ich fühlte mich lächerlich gemacht und ging davon.

Mehrere Tage erschien er nicht in der Schule. Ich überwand mich schließlich und ging nach der Schule zu ihm nach Hause. Seine Mutter schien erfreut, mich zu sehen, von dem sie bislang kaum Notiz genommen hatte. Sie bat mich, zum Essen zu bleiben und geleitete mich ins Herrenzimmer. Einen Augenblick lang schien sie im Zweifel zu sein, sprach dann aber doch: „Sie wissen schon? – Er hat sich verlobt!" Sie erzählte, er verbringe die Tage in seinem Zimmer und käme nur gelegentlich zu den Mahlzeiten herunter.

Als er schließlich zum Mittagessen erschien, begrüßte er mich freundlich, erkundigte sich lächelnd nach der Schule und schien an Alltäglichkeiten interessiert zu sein. Sein sonst düsteres Gesicht hatte die Blässe verloren und zeigte eine unerklärliche bronzene Farbe. Auch seine Hände schienen wie von Sonne verbrannt. Nur am Ringfinger der linken Hand wurde die gleichmäßige Bräune von dem roten Streifen unterbrochen.

Wir waren noch nicht ganz fertig, da sah er auf die Uhr, erhob sich und bat um Entschuldigung: „Ich bin mit meiner Braut verabredet."

Einige Wochen vergingen, die mündlichen Prüfungen rückten unaufhaltsam näher. Er kam nicht in die Schule, und ich wusste überhaupt nicht mehr, was ich von ihm denken sollte, als seine Mutter nach mir schickte. Vier Tage lang habe er sein Zimmer nicht mehr verlassen und reagiere weder auf Rufen noch auf Klopfen. Sie schien ernstlich besorgt zu sein. Da auch mein Rufen und Klopfen nichts fruchtete, stieg ich über das Fenstersims bei ihm ein.

Er lag, nur mit einer Badehose bekleidet, im eiskalten Zimmer. Sein Körper war ebenmäßig braun. Auf der Stirn standen kleine Schweißperlen, die Augen hielt er offen. Er reagierte auf nichts, und auch ein hinzugezogener Arzt war hilflos.

Nach zwei weiteren Tagen und Nächten kam er wieder zu sich. Sechs Tage hatte seine Abwesenheit gedauert, sechs Tage hatte er weder gegessen noch getrunken, aber er schien davon nichts zu merken. Sein Gesicht zeigte wieder den traurigen Ausdruck. Sein Gang war schleppender, seine Haltung gebückter als vor seiner Verlobung. Er sprach fast nie etwas, schien immer abwesend zu sein. Seine Haut wurde wieder blass, nur das Mal am Ringfinger blieb.

Kurz nach den mündlichen Prüfungen, die er ganz gut bestand, fand ich einen Brief von ihm. Seine Braut sei krank geworden, vier Tage habe er an ihrem Bett verbracht, dann sei sie gestorben, weil er ihr nicht habe helfen können. Nach ihrer Verbrennung sei er wieder zurückgekommen. „Aber ich kann es hier nicht aushalten, ich muss fort."

Kulturkreise

Die Inklusion von Kulturkreisen innerhalb einer Gesellschaft ist der gelungene Beweis der Quadratur des Kreises.

Die Wandlung des Balthasar

Balthasar war von seiner Mutter zum Psychotherapeuten gebracht worden. Balthasar war nicht krank. Balthasar war verliebt. Balthasar hatte auch einen Vater, der war reich und das war fast alles, was von ihm gesagt werden kann.

So war, psychoanalytisch gesprochen, die Situation und die war ganz normal, wenn nicht Balthasars Nahrung einzig und allein aus gefüllten Schokoladenriegeln bestanden hätte.

Der Therapeut fand findig mittels einer Couch, Entspannungsübungen, Gutzureden, Geduld und Zeit heraus, dass Balthasar von früher, sehr früher, fast frühster Kindheit an verwöhnt worden war. Schuld an seinen merkwürdigen Essgewohnheiten waren, wenn man von einer solchen und nicht von wertfreien Ursachen sprechen will, die närrische, Ehefrust kompensierende Affenliebe und die Herrschsucht seiner Mutter gewesen. Die gnädige Frau hatte monatlich etwa vier Köchinnen zur Verzweiflung und postwendenden Kündigungen getrieben.

Balthasar, natürlicher Trotz eines verwöhnten Fünfjährigen, hatte sich nicht länger auf pausenlos anders schmeckenden Grießbrei einstellen wollen. Was heute lecker war, schmeckte morgen zum Fürchten. Was gestern noch sein Lieblingsgericht, seine Leibspeise gewesen war, konnte er übermorgen nicht einmal mehr riechen. Balthasar, was Sturheit anbelangt ganz der potenzierte Vater, dessen Sturheit Phlegma genannt werden darf, wäre wegen seiner Nahrungsverweigerung gestorben und hätte des Therapeuten Zeit und seines Vaters Geld somit gespart. Da griff Tante Ida, die sanftmütige, ein und schwatzte dem Kleinen die besagten Schokoladenriegel auf. Jetzt fraß er sie schon mehr als fünfzehn Jahre lang, war dennoch – dank diverser Nahrungsergänzungsmittel[6] – groß geworden, etwas wabbelig und blutarm aber durchaus lebensfähig.

Die mütterlich angeordnete Therapie und Balthasars erste große Liebe setzten zum gleichen Zeitpunkt ein. Mit beiden haperte es, obwohl die frühe Kindheit alles hergegeben hatte und die junge Dame Balthasars Leidenschaft erwiderte. Der Therapeut kam nicht gegen Balthasars Sturheit an, und die Angebetete kam nicht über den süßlichen Geruch, der Balthasars weichzahnigem Mund entströmte, hinweg. Die alle Wünsche erfüllende Mutter lähmte die Therapie, die honigartige Masse in den Schokoladenriegeln verklebte die Lippen der Dame.

Listenreich betäubte sie ihren Geruchsnerv auf chemischem Wege, küsste den Balthasar und reichte ihm einen Schokoladenriegel als Belohnung, der nicht nur von einer anderen Firma hergestellt wurde, sondern auch die honigartige, süßlich duftende Masse entbehrte. Und Balthasar im Taumel der Gefühle wusste nicht, wie ihm geschah, und ließ sich den falschen Riegel einverleiben und

---

[6] Wer verzapft derartigen Wortwust? Kann man ihn wegen Schmerzensgeld belangen?

fand auch dessen Geschmack neu und erfreulich wie den der fremden Lippen.

Heute hält der Therapeut, den Balthasar nun nicht mehr braucht, einen Vortrag in der Volkshochschule über Verhaltensänderung nach psychoanalytischer Therapie. Thema des Vortrages ist: „Verwöhnung, Verstopfung – und Wandlung."

Multikulti

Multikulti ist Kult!
Und warum darf der Kellner im Speisesaal des „Vierjahreszeiten"
keinen Spucknapf aufstellen? Schließlich kampieren in dieser
Luxusherberge hunderte von Chinesen!

Im Café

Zäher Gummi eines schwülen Samstagnachmittags hält uns zusammen, zieht sich träge mit uns in ein Café. Müde, satte Bewegungen. „Morgen werde ich …" „Nachher treffe ich …" „Ich weiß nicht, es ist noch alles offen."

Einen Tisch weiter sitzt ein Männerrücken, beugt sich über Zeitungen und Illustrierte. Eine junge Dame nimmt ihm gegenüber Platz, hat den Mantel nicht abgelegt. Sie sprechen nicht miteinander. Sein gesenkter Kopf gibt meinem Blick Raum, lässt ihn über ihr schmales, kühles Gesicht gleiten, bis er sich in ihren Mundwinkeln verfängt, sich an der Resignation darin festbeißt, nicht mehr loskommt.

Dann sagt der Mund zu dem Gebeugten etwas, zerstört seinen Ausdruck. Ihr Gesicht: Blondes Haar, helle, hohe Stirn, schlanke Nase, säuberlich ausgeschminktes Ebenmaß. Unsere Blicke treffen aufeinander, aufdringliche Gleichgültigkeit. Wieder spricht sie zu ihm, und ihr Blick liegt auf meinem Gesicht.

„Vier Uhr", sage ich laut. Sie senkt die Lider. „Um vier habe ich eine Verabredung", erkläre ich den gänzlich Uninteressierten an meinem Tisch. Drüben wird gesprochen. Sie winkt dem Ober, hat die „Zitrone-natur" nicht ausgetrunken, zahlt, zahlt auch für ihn. Sie gehen. Sie stutzt, dreht sich um, schaut mir ins Gesicht.

Um vier Uhr war ich wieder in dem Café. Alle Tische besetzt, nur der eine, auf dem noch die Zeitungen lagen, war frei. Ich setzte mich auf den Platz des Zeitungslesers, blätterte, las. Ich drehte mich um und sah eine ältere Dame auf meinem Stuhl von vorhin. Die Dame löffelte Sahne. Ich las beruhigt weiter.

Dann stand sie vor mir, legte nicht ab, setzte sich. Ich sah sie an, sagte etwas. Bekam ebenso Antwort. Ihre Augen blickten an mir vorbei. Sie bestellte sich eine Zitronenatur, trank sie zur Hälfte aus, zahlte für sich und zahlte auch meinen Kaffee. Wir gingen.

An der Treppe sah ich mich um. Die alte Dame war gegangen. An ihrer Stelle saß dort ein Mann.

Individualität

Mein Individualismus konfektionierte sich in dem Grade, wie ich meine Zeit verkaufen musste.

Der Perfektionist

Hätte er Geld gehabt, so hätte er sich einen anderen Namen gekauft. Der Begriff Resignation stände ihm am ehesten zu, so meinte er.

Als Kind war er wütend geworden, als man ihm eine Leuchtfontäne zeigte und er feststellen musste, dass das Wasser keineswegs grün und rot und gelb und blau gewesen war, sondern nur mit wechselnden Farben angestrahlt wurde. Dass Diamanten nur bei Licht funkeln, fand er empörend und konnte nicht verstehen, weshalb man dann so viel Getue um sie machte.

Seiner selbst bewusst und männlich reif geworden, musste er trotz seines mächtigen Widerstandes bald einsehen, dass sich Glücklichsein und Bauchschmerzen gegenseitig ausschließen. Was hatte er mit einer Liebe anfangen sollen, die, so lange er kein eigenes Zimmer hatte, in erster Linie von den Unbilden der Witterung abhing? Wo gab es so etwas wie Freiheit, wenn man der Schwerkraft und nicht nur der der Erde ausgeliefert war?

Er fühlte sich verraten und hätte tatsächlich resigniert und wäre in der Resignation umgekommen, wenn er nicht Friederike getroffen hätte.

Nach dem Duschen

„Mein Rücken ist noch nass!"

„Nimm ein Handtuch."

„Ist das auch für den Rücken?"

In der Nervenklinik

Ich war in einer Nervenklinik, grausam mittelalterlicher Volksmund nennt so etwas Klapsmühle oder, minimal zartfühlender, Irrenanstalt. Ich war, um Zweifeln vorzubeugen, dort angestellt und kann es trotz gegenteiliger Ansicht meiner Freunde glaubhaft belegen.

Eines Tages unterhielt ich mich mit einem, der krank war, ganz normal über seine Berufsaussichten. Die waren wahrlich nicht rosig und das lag weniger an seinen strapazierten Fähigkeiten als vielmehr am Aberglauben seiner und meiner Mitmenschen. Das Gespräch dauerte gut eine Stunde, drehte sich eine Stunde lang um einen wunden Punkt unserer Humanität und zeitigte bei beiden, dem Kranken und mir, nur Ermüdung.

Ich wollte ihn schließlich hinausgeleiten und stellte fest, dass das Schnappschloss der Türe eingerastet war und die Klinke durch einen starren Knauf ersetzt worden war. Einen Schlüssel hatte ich nicht. Ich fand auch kein Telefon, da der Raum seit Monaten unbenutzt war. Eine Klingel gab es auch nicht.

Ich begann, die Türe mit Fäusten zu bearbeiten. Es rührte sich nichts, nicht etwa, weil Getrommel an Türen in derartigen Kliniken üblich ist, sondern weil eine solide Doppeltüre den Lärm schluckte. Ich war ratlos. Mein Mitgefangener enthielt sich jeglichen Kommentars. Für ihn war das Erlebnis, eingesperrt zu sein, nicht neu.

Ich wandte mich dem Fenster zu und mit Geschick und einem Taschenmesser setzte ich den Mechanismus, der das Öffnen unmöglich machen sollte, außer Funktion. Ungewohnt sportlich schwang ich mich hinaus, lief draußen auf dem Vordach bis zum Zimmer der Pfleger, machte ihnen Zeichen und ging zurück.

Gegenüber war Visite. Und die Herren Doktoren sahen einen Mann auf unkonventionelle Weise eine geschlossene psychiatrische Abteilung verlassen. Sie stürzten zum Telefon, lösten Großalarm aus.

Und nun finge die gruselige Geschichte an, die sich meine Mitmenschen vorstellen, wenn sie von psychiatrischen Kliniken hören. Ich muss Sie enttäuschen und darf Ihnen versichern, dass die Geschichte hier zu Ende ist.

Tiefschlag

„Das war ein Schlag unter die Gürtellinie!" „... weit unter!",
ächzte der Fußpilz.

Weihnachten, Variationen ohne Thema

Sie trafen sich auf dem Marktplatz.

„Ach, Herr Meiermüller! Hätte Sie beinahe übersehen." „Verständlich, mein Lieber, bei dem Gewühle." „Wie geht's denn so?" „Ach, es geht so!" „Alles in Ordnung?" „Na, wie man's nimmt." „Wie das?" „Nun, meine Gattin ist gestern ins Krankenhaus gekommen." „Was? So ein Pech, so kurz vor dem Fest. Ihr fehlt doch hoffentlich nichts Ernsthaftes?" „Oh nein, natürlich nicht!" „Was soll's denn sein?" „Irgendetwas mit der Lunge, schlimmsten Falls Krebs." „Weiß man es denn definitiv?" „Na, wie man's nimmt. Typische Wichtigtuerei." „Hoffentlich." „Wegen der Kleinen kann es einem ja leidtun. Unser Nesthäkchen freut sich ja so aufs Fest." „Ja, ja, die Kinder!"

„Meine Gattin klagt ja schon lange." „Schmerzen?" „Sie können sich gar nicht vorstellen, was ich mitgemacht habe." „Tragisch, tragisch, so kurz vor Weihnachten." „Schon, aber was soll man machen? Da muss man durch!" „So ist es richtig, man darf die Hoffnung nicht verlieren." „Ja, sag ich mir auch. Immerhin soll Lungenkrebs heilbar sein." „Raucht denn Ihre Frau?" „Ja, leider, sie ist letztlich selber schuld."

Und so oder ähnlich unterhielten sich die beiden Herren noch länger mitten unter Weihnachtsbäumen, lauter Lautsprechermusik von der Heiligen Nacht, Glühweindunst und Glöckchengeklingel. Und als sie sich schließlich voneinander verabschiedeten, meinte der eine: „Ich wünsche Ihnen ein frohes Weihnachtsfest!" „Ebenfalls, ebenfalls! Grüßen Sie auch Ihre Frau von mir! Ein frohes, glückliches Weihnachtsfest." Und so gingen sie auseinander.

Auf der Leopoldstraße in München, wo man jeden trifft, wenn man nur lang genug wartet, liefen sich am dreiundzwanzigsten zwölften der existenzialistische Schreiberling Lohmann, Fritz, Eugen, und der surrealistische Maler Huber, Karl, Anton, in die Arme, die gerade, von Geschenken überladen, abgespreizt waren.

„Grüß dich, Fritz." „Grüß dich, Huber, altes Haus!" „Na, auch Weihnachtseinkäufe?" „Was heißt das schon?" „Ich mein ja nur." „Ich sehe das so, ein obskures Datum, schließlich könnte es auch der elfte Juni sein, verpflichtet zu nichts." „Ganz meiner Meinung." „Es ist halt nur ane Tradition!" „Eine saublöde! Wenn du mich fragst." „Genau! Was soll's? Christi Geburt …" „Richtig, alles Nonsens!"

Pause, verlegenes Mustern der Pakete. „Für Lieschen, sie hängt daran", entschuldigt sich Lohmann, Fritz, Eugen. „Für meine Alten, da kannst du halt nichts machen – solange ich von Ihnen abhängig bin!", stimmt Huber, das kommende Genie gegen Tradition und Aberglaube, zu.

„Mir bedeutet das ja nichts!" „Opium!" „Hast du 'ne Quelle?" „Quatsch, ich meine der ganze Christus ist Opium fürs Volk, nicht von mir, trotzdem gut."

Und so asphaltphilosophierten sie noch eine Weile, bis ihnen die Füße einfroren waren. „Freut mich, dich getroffen zu haben! Ich wünsche dir ein frohes Fest!" „Ich muss auch machen, dass ich weiterkomme. Grüß deinen Schatz von mir! Und feire ein schönes Weihnachten! Pfüati!"

Sie saßen zu dritt beim Skat und hatten schon einiges getrunken und waren wohl schon ziemlich bezecht, als die Rede auf das diesjährige Weihnachtsfest kam, das bedenklich nahe gerückt war.

„Ja, wo die Kinder jetzt groß geworden sind …", gab der Kassierer zum Besten oder zu bedenken. „Ich feire mit meinen Eltern, die sind schon neunzig oder so und wissen noch, was Weihnachten bedeutet", stellte der kurz vor seiner Pensionierung stehende vertretende Direktor der Firma Müller & Co. fest. „Ich mache mir einen richtigen Punsch, sehe ein wenig fern und gebe meiner Haushälterin frei!", mischte sich der dritte, ein runder, leicht cholerischer aber öfters gemütlicher Dicker, seines Zeichens Vertreter, Generalvertreter für Landmaschinen, ein. „Ja, Weihnachten", der Herr Kassierer war schon sehr bierselig, er vertrug eben nichts. „Damals, da war das noch etwas!" „Und die Kinder mit ihren leuchtenden Augen!" „Geschenkt wurde von Herzen!" „Der Rummel heute …" „Hat ja alles seinen Sinn verloren." „Für mich nicht!" „Ja, wir, wir wissen noch …"

„Wer gibt?" „Paul ist dran!" Und Paul gab. „Achtzehn?" „Ja!" „Zwanzig?" „Ja." „Zwo!" „Ja." „Null?" Kopfnicken. „Vier?" „Passe!" „Bin schon längst weg!" „Na, dann – so ein Mist, ich finde mich dauernd tot.

Spielen wir einen Grand!" „Der Angeber! Findet sich tot zum Grand!" Und sie spielten.

„Immer mehr und mehr, die finden gar kein Ende!" „Ja, sie haben jegliches Maß verloren!" Für einen Totgefundenen schlug er seine Skatbrüder mit dreien gespielt vier fast Schneider.

„Wenn man bedenkt, wir früher!" „Ein paar Äpfel!" „Die liebe alte Weihnachtsgans. Nix Trüffel, Kaviar und Kobe-Filets!" „Und der Christbaum!" „Ja, der Christbaum!" „Ein paar Lebkuchen!", dem Kassierer gingen noch die Äpfel durch den Sinn.

„Und heute? Es sträuben sich einem die Haare!" „Es spottet jeder Beschreibung!" „Ein paar Myrten für das Kindlein!" „Was sind eigentlich Myrten?" „Myrten haben weniger mit Weihnachten als mit griechischer Mythologie, mit Aphrodite und in der Neuzeit mit Hochzeiten zu tun!" Aber keiner hörte auf den Kassierer, der eben nur Glück gehabt hatte, der eigentlich – wer war er schon? – den verstorbenen Doktor nur durch Zufall ersetzte. „Ja, Weihnachten hat seinen Sinn gründlich verloren!" „Die Bescheidenheit ist gestorben!" „Anstand und Zurückhaltung, wo sind sie?" „Heute wird nur noch gerechnet!" „Neidisch verglichen." „Alles und jedes wird umgetauscht!" „Geld und Gutscheine – eine barbarische Sitte!" „Es ist schon traurig!"

„Herr Ober, noch drei Bier! Und bringen Sie auch noch drei Korn, die gebe ich aus, es ist ja Weihnachten! Nehmen Sie sich auch anen!" So spielten sie, so tranken sie, so erinnerten sie sich und als sie schließlich und endlich

aufbrachen, wünschte jeder jedem ein: „Fröhliches Weihnachtsfest!", als sei es ganz das Alte.

Der Herr Pfarrer oder Pastor machte gerade eine vorläufige Abrechnung der Kollekte für „Misereor" oder „Brot
für die Welt", um seines Bischofs Weihnachtspredigt in
der Stadt zu bereichern – auch dieses Jahr ein neuer Re-
kord! – als der Küster in die Sakristei der Dorfkirche trat.

„Guten Abend, Herr Pfarrer!" „Guten Abend, Herr
Still!" Kein Mensch konnte seinen Namen mit mehr Berechtigung tragen als eben dieser bescheidene, schüchter-
ne Küster. Gottes Fügungen sind nun einmal wunderbar,
so fand der Herr Pfarrer. „Was gibt's?" „Herr Pfarrer
wollen bitte die Störung verzeihen, aber ich habe noch
einige Fragen bezüglich der Weihnachtsandacht." Herr
Pfarrer, leicht ungehalten wegen der Unterbrechung seiner so erhebenden, altruistischen Arbeit, besprach dennoch freundlich und aufgeschlossen in echt brüderlich
christlicher Ergebenheit mit seinem Küster den Ablauf
der festlich-feierlichen Prozedur.

„Ja, das wär's wohl! Nur, da fällt mir noch ein, im Jahre
null fünf da haben wir erst nach ‚Stille Nacht, heilige
Nacht' den Kollektenteller rumgereicht. Ich glaube, das
war ungünstig." „Wie Sie meinen, Herr Pfarrer!" „Wir
sollten ihn während dieses so erbaulichen Liedes herum
reichen!" „Aber, mit aller Devotion" – Herr Still hatte aus
dem Umgang mit seinem gelehrten Pfarrer gelernt – „also, ich will sagen, das stört, das stört, Herr Pfarrer!"
„Aber lieber Still, nicht so zimperlich! Es ist doch schließ-

lich für einen guten Zweck! Denken Sie nur an die vielen kleinen Schwarzen, die von den Spenden leben! Ich möchte sagen, die auf die Großherzigkeit auch dieser Gemeinde angewiesen sind. Und wenn nur einer dieser kleinen Wilden das Licht des Herren empfängt, so ist das eine christliche Rechtfertigung für diese Störung. Außerdem singen die meisten ohnehin nicht mit." „Ja, Herr Pfarrer, wie Sie meinen!" „Schauen Sie, Still, Weihnachten ist doch das Fest der Freude. Da soll man so viel Freude schenken, wie man nur eben kann. Frohe Weihnachten auch Ihnen, lieber Still!"

Und der Herr Pastor zählte weiter seine oder der Bedürftigen Kreuzer und hörte kaum noch den Wunsch des Küsters: „Frohe Weihnacht, Herr Pastor!"

„Frohes Fest gehabt zu haben!", meldete sich die Dame am Telefon. „Oh, danke, mir reicht es." „Wie – wie bitte?" „Erst hat Herbert den Baum umgeschmissen, dann hat Elfie sich das Kleid beim Anzünden der Kerzen angesengt. Klaus stolperte über den Teppich und ließ den Weihnachtsbraten auf mein neues Nerzcape schliddern. Dann kamen noch Schulzes, weißt du, von nebenan, fünf Mann hoch mit ihren Ausgeburten von Kindern. Als dann endlich die Väter die Spielekonsolen überstrapaziert hatten, war im ganzen Haus Kurzschluss, und ich konnte nicht einmal die ‚Wiener Sängerknaben' sehen. In der Dunkelheit trank unsere kleine Elfie den chilenischen Brombeerlikör aus. Gott sei Dank funktionierte das Telefon, aber wir haben zwei Stunden gebraucht, um die

Kleine ins Krankenhaus zu bringen, kein Mensch wollte ihr den Magen auspumpen! Na, ja, die Alkoholvergiftung hat sie jetzt hinter sich!" „Da war es bei euch ja lustig! Mein Mann überfraß sich, ging um halb acht ins Bett, und ich hatte das Nachsehen!" „Fröhliche Weihnachten gehabt zu haben!" „Ja, fröhliches Fest!"

Spielverderber

„Guten Morgen, Herr Schröder!"
„Berger, ich heiße Berger!"
„Da merkt man sich schon mal einen Namen –
Spielverderber!"

Weise Regierung wider Willen

Im Gesetzblatt der Regierung stand zu lesen: „§ XY, Zusatz Z, Absatz 47: Der Bürger hat das Recht und die Pflicht, den Verwendungszweck seiner Steuern selbst zu bestimmen."

In den Erläuterungen zu dem Paragraphen hieß es etwa auf Seite 2.756: „Der Bürger unserer pluralistischen Gesellschaft ist aufgeklärt und staatsbewusst, mithin ist er selbst verantwortlich." Die Opposition traute sich nicht, dagegen etwas zu sagen. Mit einer in solchen Fällen bewährten Präambel wurde dem Bürger plausibel gemacht, dass er richtig handle, wenn er sich die Steuern nicht selbst zuschrieb. Ein solches Gebaren hätte allen als staatszersetzend und unvereinbar mit dem Bürgerbegriff zu gelten. Über das Strafmaß bei Zuwiderhandlung konnte man sich lange Zeit nicht einigen – Geldstrafe? Gefängnis? Beides? Verlust der bürgerlichen Rechte? Das auf jeden Fall!

Das Gesetz wirkte sich trotz aller Präambeln bald aus. Legionen Arbeitsloser und Minijobber fielen über Deutschlands Straßen her – ein freiwilliger, tariflich entlohnter Reichs-, nein Bundesarbeitsdienst. Nach einigen Monaten, in denen die Regierung ernsthaft erwog, den Kraftfahrzeugverkehr gänzlich zu verbieten, waren alle Straßen mittels einer einzigen Baustelle von Garmisch Patenkirchen bis Flensburg ausgebessert oder erneuert. Und die Steuergroschen rollten weiter und suchten sich neue Wege oder Autobahnen durch grünes Weideland und stille Dörfchen. Die Bauern verkauften den Quadratmeter Eifel für dreihundert Euro und ließen ihre Söhne studieren. Die Staumelder konnten einpacken.

Unbegrenztes Studieren ohne Numerus clausus war sogar möglich! Allen üblen Befürchtungen ewiger Schwarzmaler zum Trotz, floss das Budget für „Bildung" über den Rand des Topfes, in dem es bislang ein eher mickriges Dasein gefristet hatte. Universitäten wurden gebaut! Der deutsche Michel sah sich nach einem Doktorhut um und schickte seine Zipfelmütze ins Heimatmuseum. Allein es reicht der Platz nicht, um all die unzähligen Beispiele für des Bürgers Zuverlässigkeit zu schildern. Ich überlasse das dem späteren Chronisten für sein zwölfbändiges Werk.

Jedoch, es gab auch Kopfschmerzen! Die ersten, die davon befallen wurden, nannten sich Beamte verschiedenster höherer und höchster Dienstgrade des Bundesverteidigungsministeriums. Der damalige Minister ließ eine umfangreiche Studie anfertigen, um die Hintergründe zu erforschen.

Oh, es gab genug, fast mehr als genug treue Teutsche, die ihre Steuern diesem Verwendungszweck zukommen ließen. Wer aber waren sie? Um es kurz zu machen; die Studie selbst benötigte einige tausend Seiten und verschlang nicht wenig vom gespendeten Etat, um zu erklären, dass die Angehörigen der Bundeswehr keineswegs gegen die Präambel verstießen, wenn sie ihre Steuern ihrer Bundeswehr vermachten. Es sei eben nicht „ihre"

Bundeswehr sondern ein staatliches Gebilde, das jedermann gehöre.

Was da zusammen kam, war ein ansehnlicher Batzen. Im Vergleich dazu seien die Beträge, die Rentner, Pensionäre und sogar einige, die nie etwas mit einer derartigen Institution zu tun gehabt hätten, spendeten, unerheblich. Von den letztgenannten Gebern einmal abgesehen, erwies es sich als gänzlich unmöglich, Leute von einem Teil ihres eigenen Einkommens zu bezahlen. Man hätte die Truppe völlig auflösen müssen, wenn man nicht wenigstens für einen Bruchteil der Leute, die anders nicht zu verwenden gewesen wären, eine nutzbringende Anstellung in sozialen Diensten, insbesondere Pflegediensten gefunden hätte.

Soziales, das war ansonsten auch ein trübes Kapitel. Einige Dinge haben eben die erstaunliche Eigenschaft, jede Veränderung unangefochten zu überstehen. Ich versichere Ihnen, auf sozialem Sektor hatte sich nichts geändert. Viele Rentner fristeten wie eh und je ein unauffälliges, bescheidenes Dasein, das sich wenigstens und immerhin in Datenbanken der Rentenversicherer niederschlug. Staatliche Krankenhäuser operierten, pflegten heilten mit und durch Idealismus. Nicht privatisierte Altenheime, Seniorenresidenzen warben zwar hochglänzend vierfarbig, zahlten aber dank unbezahlbarer Überstunden unter Mindestlohn. Die Profite in diesen Geschäftsfeldern wanderten in die Taschen der privaten Eigner. Die Mutterhilfe, die Ferienkinderaktionen und andere karitative Notlösungen klapperten mit Blechbüchsen durch die Straßen, ein trautes Bild vergangener Epochen.

Das Heer der Beamten hatte lange nicht zu klagen, zumindest mangelte es ihnen an einem realen Grund. Der traditionsverbundene Bürger zahlte nach Gewohnheit. Schließlich aber verlor der schöne Brauch seine Allgemeingültigkeit. Und das lag nicht einmal an den Linken, die hatte der Verfassungsschutz schon längst verboten. Dass den Beamten nach und nach der Geldhahn zugedreht wurde, war vielleicht einfach logisch. Nachdem man einige Repräsentativbauten hatte einsparen müssen, kam es noch schlimmer.

Die Beamten bezahlten sich zwar alle selbst getreu dem Vorbild ihrer uniformierten Kollegen, auch erhielten sie von vielen die Steuern zugeschrieben, die ihren eigenen sehnsüchtigsten Traum, Beamter zu werden, nicht hatten verwirklichen können (es muss an ihnen selbst gelegen haben!). Trotzdem: Einige mussten – obwohl unkündbar – entlassen werden. Das fiel zum Glück nicht weiter auf.

Viel nachhaltiger sollte es sich auswirken, dass die Gelder für die Damen und Herren der Regierung immer spärlicher tröpfelten. Man ist heute geteilter Meinung. Die einen behaupten, die Regierung hätte geschlafen. Das ist aber kaum einer ernsthaften Diskussion würdig, es ging schließlich um Geld, noch dazu um das eigene und das sagt alles! Andere meinten, sie, die Regierung, habe sich geirrt.

Kann man diesen gänzlich lächerlichen Einwand ernst nehmen? Irren ist menschlich, aber eben nur menschlich! Wieder andere meinen, in Geldsachen seien solche Frauen und Männer unerfahren, da sie sich mit anderen Dingen beschäftigten. Die Theorie des vergesslichen Professors hält sich nun schon seit Jahrhunderten in der unbewiesenen Volksmeinung. Und wer in der Regierung hätte sich darauf berufen können? Man soll die hehre Wissenschaft nicht dauernd bloßstellen. Ein weiteres Argument war, es hätten sich die Parteien nicht einigen können. Da wäre schon etwas dran, wenn sie jemals verschiedener Meinung gewesen wären.

Wie es auch sei, plötzlich stellten die Damen und Herren fest, dass sie für sich kein Geld mehr hatten. Einige passionierte Idealisten, die es unter ihnen gegeben haben soll, wollten zwar ohne Bezahlung so lange weiterregieren, bis ihnen ein Gesetz zur Hebung der Misere einfiele, doch scheiterte ihre Initiative an Beschlussunfähigkeit wegen zu geringer Beteiligung.

So löste das Volk durch das Gesetz der Regierung die Regierung auf. Und wenn es nicht gestorben ist, dann lebt es heute noch!

Die Wegwerfgesellschaft

Umweltverschmutzung? Das klingt, als könne man jederzeit den großen Frühjahrsputz starten.

Ein verdrecktes Stück Brot macht man – vielleicht – sauber,
ein verschimmeltes schmeißt man weg.
Was machen wir mit der Umwelt?

Mit einem bisschen Mut

Oh nein, die Frage wäre gänzlich lächerlich gewesen. Für die Antwort musste sie nicht erst das Spieglein, Spieglein an der Wand fragen. Die matten Augen ihrer Kommilitonen oder die Rede von Kameraderie und Freundschaft sorgten dafür, dass irgendwelche Illusionen in ihr zerbrachen, bevor sie gedacht, gewünscht oder nur geträumt wurden. Ganz früher in einer Zeit, die sie vergessen hatte zu erinnern, war sie unwissend gewesen und hatte die tröstlichen Märchen mitgespielt.

Sie war zu klug, um auf jenes Zuckerstückchen hereinzufallen, das den Hässlichen eine Liebe um ihrer selbst willen vorgaukelt. Männer gab es genug. Es ließ sich immer einer finden, der sich in Gnade erbarmte. Daraus hätte man sogar mit ein wenig Instinkt ein Beziehungsnetz aufbauen, ihm den Namen Liebe zuteilen und mit ein bisschen Selbstbetrug leben können.

Sie lachte sich aus, als sie zufällig einer Laune nachgab, auf deren Folgen sie gespannt war. Mit einer reichlichen Ausstattung von Tiegeln und Tuben und Stiften machte sie sich über ihr Gesicht her.

Nur allmählich entdeckte sie in den Wochen ihres heimlichen Lasters ihr Talent. Der ironisch skeptische Zug um ihre Mundwinkel verflog, um in Verwunderung verwandelt ihren Augen einen ganz unbekannten Ausdruck zu geben. Eines Tages ging sie sogar zum Friseur und saß dann lange vor ihrem Spiegel. Es war ihr Gesicht – und jetzt gab es auch kein Zurück mehr.

Sie stand sehr früh auf und wäre dennoch fast zu spät zur Vorlesung gekommen, denn vor Aufregung hatte sie sich mehrmals wieder abschminken müssen. „Bist das du?" „Bis das wirklich du?" „Mach doch keinen Quatsch!" Nur nicht verletzen lassen! Und sie lächelte noch etwas unsicher: „Selbstverständlich!"

Ihre Welt benötigte einige Zeit, um sich an sie zu gewöhnen. Ihre Welt erschien auch ihr selbst verändert. Schließlich aber waren sie sich wieder einig.

In einem Café lernte sie ihn kennen, und in den Wochen danach begegnete sie ihren verbotenen Träumen. Nur eines musste sie aufgeben: Er mochte es nicht, dass sie sich schminkte. Er wollte nicht, dass sie sich die Augenbrauen ausrupfte. Die kurze Frisur stände ihr nach seinem Geschmack nicht.

Als sie wieder einmal in ihren Spiegel sah, war ihr seine Antwort gänzlich gleichgültig.

Pech

Eine allein reisende frauliche Dame mittleren Alters[7] hatte das Nachsehen; die Herren in den besten Jahren[8] waren im all-inclusive Angebot zeitlich limitiert.

---

[7] So um die 40
[8] So um die 40

Fünfzigjähriges

Müller, von Pieke auf gedienter und gedienerter und verdienter Prokurist, hat fünfzigjähriges Jubiläum. Das ist auch ein großes Fest und kommt gleich hinter der Eheschließung, deren Tage jünger sind als die der ersten beruflichen Schrittübungen. Es kommt bedeutungsmäßig noch lange vor der Kommunion, denn Herr Eberhard Müller ist trotz eines pensionsreifen Alters und gut christlich erzogener Kinder – mein Gott, die haben längst schon selber welche – ein Freidenker aus Bequemlichkeit.

Viele Leute kamen an dem großen Tag nach der Ehrung im Betrieb zu Müllers. Alle brachten sie viel mit, auch echte Glückwünsche waren darunter, sogar von einigen Kollegen. Alle gingen auch wieder, und Herr Müller schickte seine Frau – sie war ein wenig füllig mit den Jahren geworden und hatte es in den Beinen und im Kreuz – er schickte sie schon mal ins Bett, um selbst noch geruhsam eine Zigarre zu rauchen.

In der Stube - wie war sie eng und klein oder war es nur die Fülle der Blumen – saß noch ein Gast. Herr Müller war erstaunt, denn er hätte schwören mögen, dass alle Gäste gegangen waren.

„Setz dich, Eberhard!" Herr Müller war doch arg verwundert, denn diese Vertraulichkeit war er von einem Fremden, noch dazu in seinen eigenen vier Wänden und schon gar nicht an solch einem Tag gewöhnt. Vielleicht aber hatte er nur zu viel getrunken und der Fremde war ein alter Freund oder ein Alkoholnebelchen.

„Fünfzigstes hast du also heute? Fünfzig Jahre in einem Betrieb und immer alles ganz zufrieden?" „Im Großen und Ganzen schon. Hier und da mal ein bisschen Ärger. Die Kriege. Ich meine, vom ersten habe ich ja, von den Nachwehen mit Hunger und Wirtschaftskrise mal abgesehen, nicht mehr viel gehabt, aber der zweite hat mir auch genügt." „Soldat gewesen?" „Nur ein bisschen Volkssturm. Ich war zu alt und hatte auch was – vor allem natürlich – dagegen."

Eine nette Plauderei! Und so ging es weiter, Frau und Kinder, Masern und ein Fahrrad, bald ein Auto und die Reisen …

Ein netter Mensch, dieser Fremde, dachte Herr Müller, denn er konnte den späten Gast immer noch nicht einordnen in Freundeskreis oder Kollegenschaft. Redlichkeit und Ehrlichkeit garniert von großer Bescheidenheit, die die Erwähnung solcher Artigkeiten nun einmal erforderte, gaben sich die Hände zwischen Jubilar und Gast.

Und dann stand der Gast auf, trat vor Herrn Eberhard Müller und der Geehrte seufzte leicht behaglich gähnend, denn langsam wurde es doch Zeit, ins Bett zu gehen. Der Gast, schon nicht mehr Fremder, lächelte und holte aus und knallte dem Herrn Müller eine runter: „Wach endlich auf!"

Konventionen

Wie trennt man achtundsechzig?

… acht-

und-

sech-

zig?

Und in Ziffern?

8-

6?

Ist das dann nicht 86?

Weltbild

Onkel Pipin, der Märchenonkel, der Geschichtenerzähler, der Plakatmaler kindlicher Sonnenscheintage war außer sich. Die reine Kinderseele hatte ihn verletzt.

Und die Sache war folgende. Pipin hatte seine eigene Kinderfunksendung jahrelang gezimmert und gebastelt und hatte ein ansehnliches Kästchen grellbunt eingerichteter Gelehrsamkeit alle Zeit für seine Sendungen zur Hand. Und dann verfiel er auf die Idee, seine Fangemeinde um ein Gemälde zu bitten. Das Bild sollte schlicht die „bunte Welt" darstellen, sollte die Kindheitsillusionen einfangen und Pipin bestätigen, dass seine Heile-Welt-Sendungen und die rosaroten Anekdötchen im kindlichen Sinn wahr waren.

Schöne Bilder hatte Pipin bekommen, bunte Bilder mit Ölstiften, Kreide, mit Wasserfarben gemalt und eins war sogar mit Ölfarben versucht worden. Pipins Büro erhielt eine Tapete, die nur ein Kurzsichtiger oder Farbenblinder ertragen konnte. Eine Tapete, der sich Pipin anfangs nur im Dämmerlicht bei zugezogenen Vorhängen oder bei Kerzenschein nähern konnte, an die er sich aber bald gewöhnte und stolz jeder Putzfrau bis hin zum Intendanten zeigte. „Die Welt meiner Kleinen! Wie unbefleckt sonnig!"

Als Pipin sich nicht entschließen konnte, welches nun das gelungenste und schönste Bild sei, half er sich aus der Verlegenheit, indem er für jeden Jahrgang einfach drei gleichwertige Preise aussetzte. Dennoch verlangte auch diese Auswahl kein unerhebliches Maß an Geduld und Entschiedenheit. Sie wurde aber in zäher, verantwortungsvoller Weise von Pipin und einem Beirat anthroposophischer Kunsterzieher gelöst. Schließlich lagen vor ihm je drei Bilder der Vier- bis hin zu den Zehnjährigen.

Pipin war mit sich und seinen lieben, unschuldigen Kleinen zufrieden. Da passierte es. Einen Tag vor der Sendung, in der er die Gewinner bekannt geben wollte, kam sein Assistent mit einem Umschlag. Darin war noch ein Bild der „bunten Welt" Pipins.

Obwohl der Einsendetermin längst überschritten war, ließ Pipin den Umschlag nicht ungeöffnet zurückgehen – weggeworfen hätte er ihn unter keinen Umständen. Zum Zeitvertreib öffnete er den letzten Versuch, wie er lächelnd bei sich dachte.

Er fand ein Stück ausgefranster Pappe, bemalt von einem Achtjährigen. Schwarze Balken zeigte die Pappe, rote Kleckse und unten einen dicken braunen Haufen, auf dem stand: „Scheiße!"

Fotografisches

„Wir ziehen nur solche Bilder ab, die gelungen sind!" Meine malerische Aufnahme vom wolkenlos strahlenden Himmel Thailands war nicht darunter. „Überbelichtet!" hieß es.

Die Einladung

Ein Diener – hochgeschlossene, graue Livree – nahm mich schweigend in Empfang. Unsere Schritte, asynchroner Viertakt, hallte mir in den Ohren – vielleicht auch mein Herz aber kein Ticken einer Uhr, kein Stundenschlag. Gänge, Galerien, hoher Marmor mit Stuckatur, erdrückend und der Diener eineinhalb Schritte vor mir. Eine Eichentüre, der Diener öffnet sie und erstarrt. Wir sind angekommen, ich bin hier.

„Sie kommen uns besuchen", stellt die Herrin fest. Ich neige mich in tiefer Verbeugung. Meine Augen haben sich an das Kerzenlicht gewöhnt, dennoch blendet der Damast. Ein schrilles Rosenbukett in der Mitte der Tafel. „Nehmen Sie Platz."

Ich sehe, man hat auf mich gewartet. Der erste Gast sitzt bereits. Ich gehorche. Oben, hinter den Kerzen ein mattes Oval, das Antlitz der Herrin. Unten, hinter den Kerzen, der erste Gast. Mir gegenüber das Rosenbukett. Zwischen Herrin und Gast die Rosen und die Tafel. Sechs Kerzen, drei rechts, drei links von mir. „Ich lasse bitten."

Und die Diener bringen brennende Kerzen, stellen sie in eine Reihe, garnieren die Zwischenräume mit Vasen voller Rosen. Ich sehe, die Kerze vor der Herrin ist erloschen. Sie winkt mir, reicht mir einen Fidibus.

Kaum nähere ich mich der verloschenen Kerze mit dem brennenden Holzspan, ist das Feuer in meiner Hand verglüht. Beschämt will ich mir eine Flamme von der nächsten Kerze stehlen. Sie geht aus. Die zweite, die dritte, die vierte Kerze erlischt. „Sie dürfen nicht pusten."

Mein Atem stockt, aber es will mir nicht gelingen. Ich ersticke, und Kerze auf Kerze erlischt. Ich jage die Tafel hinunter, den eben noch brennenden Kerzen nach, lasse Dunkelheit hinter mir. Es muss mir glücken. Zu spät. Die. Und aus.

Mir schwindelt. Ich greife nach einem Halt, greife in die letzte Kerze vor dem ersten Gast. Fahrige, ohnmächtige Finger. Sie verteilen die Flamme, jagen sie auseinander. Die Rosen brennen. Der Schmerz bringt mich zu mir selbst. Ich sehe den ersten Gast durch die Flammen. Ich puste in die Glut. Die Flammen schlagen um sich, stürzen sich auf mein Gegenüber, zerfressen sein Gesicht.

„Sie sind ein Tollpatsch!", sagt er, während er geht. Ich stürze hinter ihm her, falle in Dunkelheit.

Ich komme zu mir. Rechts und links von mir steht ein Diener. Sie halten dreiarmige Leuchter in den Händen. Schweigen. Ich stehe auf. Es ist nichts, ich hab nicht einmal Hunger. Wir gehen, ich zwischen zwei Leuchtern.

Unvermittelt standen wir vor einem Spiegel, und ich sah das Brandmal in meinem Gesicht.

Unmoral

„Wir lieben Lebensmittel", wirbt eine Supermarktkette.
Verkauft man etwas, was man liebt? Ist das nicht unmoralisch?
Ein liebender Gatte schickt seine Frau ja auch nicht auf den Strich
— jedenfalls in der Regel nicht.

Träumen – fliegen – schwimmen –

Sein Leben war keine Poesie, darum träumte er. Und das war dann auch kein Gedicht aber schöner, glücklicher als sein profanes Leben zwischen Pflichten und Ärgernissen, Gleichgültigkeit und Illusion.

Ob die Isar grün, die Donau blau und der Rhein braun wie immer waren, er errettete morgens und mittags in den schläfrigen Stunden und nachts ein Mädchen aus den Fluten, fasste einen Schopf gelber, goldgelber Haare, entriss die Beute wilder Strudel einem feuchten Tod.

Bewusstlos war sie, schlaff in seinen Armen, Hingabe an eine Schwerkraft, die er sich zugute schrieb. Oder sie war Kampf, verkannte den Retter mit den gierenden Armen Neptuns. Manchmal schlug sie nach ihm, des Lebens und der schnöden Rettung überdrüssig. Immer aber war ihr Augenaufschlag am sicheren Gestade ihm Krönung seines Tuns.

Manchmal pflegte er sie in seiner Bude, manchmal überließ er sie den kundigen Griffen von Rotkreuzhelfern. Meist kam dann ein Termin, eine Aufgabe oder die schlechte Laune, so dass er umkehrte, zurück ins Prosaische, um sich einige Minuten oder Stunden später wieder beherzt in die Fluten zu stürzen.

Selten nur erwies sie ihm nach der Rettung eine ganz und gar unbeschreibliche Dankbarkeit. Natürlich war sie reich und setzte ihm eine Monatsrente von tausend, von dreitausend, von fünftausend Euro aus, unversteuert, versteht sich. Er zierte sich und gab ihr die einzig möglichen Worte in den Mund, die es ihm gestatteten, derartiges anzunehmen. Sie schenkte ihm einen Wagen, eine Wohnung, die er sich ausbat, selbst einzurichten, ein Haus am Meer, am See, einen Bungalow auf einem Hochhaus. Eine Bibliothek, eine Bar, ein Musikzimmer...

Gestern ging er über die Rheinbrücke. Da schwamm sie und war auch in Not. Ohne Zaudern schwang er sich auf das Geländer, ließ seinen Schwung dann doch von der Tiefe bremsen, dachte aber, fliegen kann jeder. Und flog und dachte im Fallen, schwimmen kann nicht jeder. Und so rettete ihn das Mädchen. Jetzt lieben sie sich.

Ahoi

Ahoi ist ein in Bayern getrocknetes Gras und hat mit Seefahrt nichts zu tun.

Fast ein Logenplatz

Eigentlich war die Theorie meines Bruders gar nicht so abwegig. Es hatte damit angefangen, dass er in einer Geschichtsprüfung in der Schule schlecht abschnitt, weil er nahezu keine Kenntnisse über die Französische Revolution besaß. Deshalb nahm er denn alle sachdienlichen Bücher, die sich nur irgendwie auftreiben ließen, auf unsere sonntäglichen Ausflüge ins Grüne mit.

Es war eine rein zufällige Verkettung von geschichtlichen Ereignissen und Gegenwart. Mein Bruder aber verband sie zu einer logischen Kette. Es wäre alles gar nicht so schlimm gewesen, wenn er nicht gewisse Konsequenzen gezogen hätte. Um es kurz zu sagen, er verquickte die Französische Revolution, genauer: Die Guillotine, mit unserer Deutschen Autobahn.

Unsere Familienausflüge mit unserem samstäglich reingewaschenen und polierten Personenkraftwagen starteten nach dem gemeinsamen Kirchenbesuch an sonnigen Sommersonntagen und fanden ihr Ziel auf einer buntgrünen Wiese oberhalb der Autobahn 312. Meilenweit öffnete sich die Schwäbische Alp unseren Blicken, kilometerweit sahen wir die Autobahn wie sie sich voll Schwung über Hügel, Brücken und an Berghängen entlang ihren Weg suchte.

Es ist jetzt knapp drei Jahre her, und mein Bruder hatte gerade seine schlechte Geschichtsnote eingesteckt, da krachte es unterhalb unserer Wiese. Zwei Wagen waren sich beim Überholen zu nahe gekommen und hatten sich gegenseitig abgedrängt. Der eine hatte sich und die Leitplanke demoliert, der andere war über den Standstreifen in eine Wiese gefahren. Der Fahrer des einen Wagens blutete ein wenig am Kopf, die Autos sahen weniger schneidig aus als vorher, und die Polizei kam auch gleich. Aber noch etwas kollidierte an jenem denkwürdigen Tag, nur merkten wir es erst am nächsten Sonntag.

Mein Bruder weigerte sich in jenem Jahr standhaft, uns weiterhin zu begleiten. An den Abenden dann musste sich Mutter öfters Bemerkungen meines Bruders verbieten, so dass schließlich auch Vater wütend wurde und ein schöner Familienkrach das sonntäglich stille Haus belebte. Mein Bruder fiel uns in jenem Jahr noch häufiger auf die Nerven. „Na, wieviel Tote hat es denn heute wieder gegeben?", empfing er uns, wenn wir vom geliebten Familienausflug zurückkamen. „Blutwurst mag ich nicht mehr!" „Wie wäre es mit einer Vollkasko- und Sterbeversicherung? Ihr wisst ja, wie die anderen Idioten fahren!" Diese und ähnliche Frechheiten gab er von sich.

Im Winter erschienen einige Male seltsame Artikel in unserer Tageszeitung. Da war von idyllischen Ausflügen zu lesen, die im Krankenhaus oder besser noch – es stand dort wirklich „besser" – im Leichenschauhaus endeten. Oder eine Abhandlung über die Anziehungskraft des unnatürlichen Todes zur Zeit der Französischen Revolution und heute. Es folgte ein Stimmungsbild „Abendrot und Blutrot" mit dem Untertitel: „Sonntag auf der Straße!"

Vor zwei Jahren eröffnete mein Bruder die von ihm lange gemiedenen und verachteten Sommersonntagsausflüge von sich aus schon im April. Er hatte gerade die Führerscheinprüfung bestanden, und nichts, nicht einmal Mutters Sorge wegen der kühlen Luft und der feuchten Wiesen, hielt ihn davon ab, uns seine Fahrkünste zeigen zu wollen.

Je näher wir der Autobahn kamen, desto gespannter wirkte mein Bruder. Kaum hatten wir unsere Wiese erreicht, als er auch schon aus dem Wagen sprang und zur Autobahn hinablief. Wir ließen uns in Decken eingemummelt auf Klappstühlen und Luftmatratzen häuslich nieder, da hörten wir unseren Bruder laut schreien. Es folgte das bekannte Geräusch, das dann entsteht, wenn zwei metallene Körper aufeinanderprallen. Das Gesicht meines Bruders strahlte – ein erstarrtes, maskenhaftes Lächeln, einer Fratze nicht unähnlich. Zwischen den Trümmern lagen drei Tote.

Wir fuhren nur noch an besonders schönen Sonntagen raus zu unserer Wiese. Mein Bruder nahm auf das Wetter allerdings keine Rücksicht mehr. „Gerade, wenn es regnet, sind die Chancen besser."

Als er überhaupt nicht mehr von der Wiese wegzulocken war, baten wir einen Psychiater um Hilfe. Er stellte nach einigen Sitzungen fest, dass die Marotte unheilbar, mein Bruder aber harmlos sei. Mutter und Vater ergaben sich in das Unabänderliche mit trauriger aber fester Standhaftigkeit. Vater kaufte meinem Bruder die Wiese und ließ nach dessen Anweisungen dort eine Art Tribüne errichten.

Wenn ich meinen Bruder besuche, sitzen wir auf der Tribüne, die an jene erinnert, die die Guillotine umgeben hatte, schauen den Autos nach und schätzen ihre Chancen ab. Mein Bruder erklärt mir dann immer wieder, dass es viel aufregender sei, wenn man nicht wisse, ob die Maschine funktioniert. Er erklärt es immer wieder. Er ist ein armer Tropf.

Vertrauen

Wenn eine automatische Rolltreppe bei Betreten nicht rollt, veranlasst das die Leute, lieber umzukehren und die Steintreppe zu benutzen.

Wer will sich schon einer stehenden Rolltreppe anvertrauen?

Das Abteil

Das Abteil, abgeteilt, ein Teil für sich, auf sich bezogen, in sich geschlossen, vier Meter lang, zwei Meter breit, drei Meter hoch, vierundzwanzig Kubikmeter Luft zwischen Wänden. Eine ideale Welt, eine Traumwelt ohne Risiko, ohne Zufall, ohne Geheimnis, eine Konserve, ein konservierter Traum, Alptraum? – beschreibbar, übersehbar, messbar und fertig, quadratisch, summiert, vermessen, katalogisiert. Hätte er einen Begriff von Weite gehabt, er wäre auf das Wort Enge verfallen und von ihr erdrückt worden. In die Enge getrieben hätte er sich nur noch selbst bedauern können, wäre sein Leben ein klagender Singsang seiner Verzweiflung an sich selbst geworden.

Er hatte aber keine Vorstellungen, für ihn war der Kubus von vier mal zwei mal drei Metern eine Welt. Und er richtete sie sich ein, unter anderem dachte er sich eine Frau. Er war auf sie gekommen, weil ihn eine physische Sehnsucht trieb. Und als die Sehnsucht an dem Gehäuse seiner Welt immer wieder zerschellt war, hatte er sie hereingenommen.

Sie standen sich in seiner Welt gegenüber, stumm, abwartend, lauernd, Instinkte hellwach. „Siehst du die Sonne?", fragte sie tonlos, blass, ängstlich. „Nein", seine Stimme klang hohl und leer zwischen den Wänden seiner Welt. „Da!", und sie hob unbestimmt den Arm, deute irgendwohin. „Nein!", sicherer, bestimmter als beim ersten Mal. „Nein!" „Du siehst die Sonne nicht?" „Nein", feststel-

lend, ruhig, keine Unsicherheit in seiner Stimme. „Aber
…" „Kein aber, es gibt keine Sonne, wozu auch?" „Und
Licht?"

„Kaum bist du hier, bringst du mir alles durcheinan-
der." Ihre Schultern senkten sich noch ein wenig mehr,
ihre Ratlosigkeit legte Falten in ihre Stirn. Große Augen,
fragend aber schon mit einer Ahnung, haarbreit vor dem
Begreifen, noch unentschieden zwischen ihrer Sonne und
seiner Glühbirnenwelt.

„Schau hier, das sind Wände!", und er klatschte mit der
flachen Hand überzeugend selbstsicher, sich seiner und
seiner Welt sicher, gegen den Stein. „Da ist Verlass drauf!
Da geht nichts durch! Hier, schau, vier Meter lang, zwei
Meter breit, drei hoch, was willst du mehr? Und für Licht
sorgen sicher und zuverlässig die städtischen Elektrizi-
tätswerke. Bei den heutigen Preisen ist das ein Luxusap-
partement. Für alles Raum, für dich und für mich. Hoch
genug, um Papierschwalben fliegen zu lassen! Eigentlich
eine Raumverschwendung."

„Ja." „Viele kommen mit weniger aus, viel weniger!"
„Ja, ein Palast!" „Wir werden uns einrichten, werden es
gemütlich haben!" „Ja." Sie glaubte nicht daran, aber weil
sie schon einmal hier war …

„Ich möchte einen Drachen steigen lassen, Wind, Wolken, Weite, Sonne." „Wozu?", er lächelte satt, berauscht
von seinen Papierschwalben, begeistert von sich selbst,
nur mit halbem Ohr bei ihr. „Bevor ich zu dir kam, hatte
ich einen Regenbogen, einen Adler, das Meer." „Wo hast
du sie gelassen? Sieh doch ein, einen Regenbogen kannst

du nicht konservieren, einen Adler kannst du nicht halten, das Meer ist stärker als du, es könnte dich umbringen! Hier, meine Welt, die ich dir biete, die ich für uns geschaffen habe, hier wird nichts dem Zufall, der Unsicherheit überlassen! Kein Sonnenstrahl zerstört den Regenbogen, kein Flügelschlag entführt den Adler, kein Sturm peitscht das Meer gegen dich." „Aber …" „Gut, ich sehe ein, ich bin zu Konzessionen bereit!"

Und er machte sich an die Arbeit und bastelte ihr eine Sonne aus gelbem Krepppapier, schnitzte ihr einen Adler, den sie halten konnte, ohne Kratzer fürchten zu müssen, malte ihr an die Wand einen bunten Regenbogen mit Ölfarbe, wasserbeständig, unabwaschbar. An einer Schüssel installierte er eine Apparatur, die gerade so viel Wasser nachtröpfeln ließ, wie an der Oberfläche verdunstete, ein unerschöpfliches Meer.

Und sie streichelte sein Haar, in den Mundwinkeln das wehmütige Lächeln vom Verzicht und von ohnmächtiger Rührung. Und nicht lange, da war das Papier die Sonne, die Schnitzerei ihr Adler, die Farbe an der Wand ein Regenbogen und die Schüssel das Meer.

Schliefen sie aber nebeneinander und trennte sie die Nacht, so träumte sie von der Schüssel als einem riesigen unbegrenzten Meer, sah sie den Holzadler hoch in die Sonne steigen. Sie streckte die Arme nach ihm aus, griff in die seidige Luft, reckte sich hoch, verlor den Boden unter den Füßen, hinauf, der Sonne näher, immer höher und höher und höher …

Am Morgen lag neben ihm ein Häufchen ausgeglühter Asche.

Menschliche Begegnung

Morgens am menschenleeren, breiten, weiten Sandstrand begegnet mir ein Mann.

Er blickt auf den Sand, Kopf leicht geneigt, ansonsten ein Tourist wie ich.

„Good morning!", biete ich ihm frohgestimmt an.

Sein Kopf ruckt hoch, sein Blick schnellt empor, die Augen weiten sich als hätte ich:

„Hands up!", gebrüllt.

Zwanghaft

Ich schwimme … meistens mittwochs, manchmal don-
nerstags in einer Halle mit 50-Meterbahnen, 30-mal hin
und her, 1.500 Meter. Nicht am Stück, ich mache am
Ende einer jeden Bahn eine Pause, um mich zu orientieren und um Luft zu holen für die nächsten 50 Meter.
Zweimal 50 Meter Brust, zweimal 50 Meter Rücken,
zweimal 50 Meter Kraulen … fünfmal hintereinander seit
meiner Berentung schwimme ich diese verkürzte, unor-
thodoxe Lage[9] … der Fitness halber, nicht der Unterhaltung und schon gar nicht des Vergnügens wegen.

Die Halle hat zehn Bahnen, davon sind sechs für dieje-
nigen reserviert, die lediglich baden wollen. Die restlichen
vier sind Schwimmern vorbehalten, zwei Bahnen für
„Tempo" und zwei für „Rücken". Den Schwimmern
empfiehlt eine Tafel, dass sie zwar nicht im Kreis aber im
Rechteck, einem 50 Meter langen Viereck, schwimmen
sollen, an der einen Seite der jeweils zwei Bahnen in die
eine Richtung, an der anderen in die entgegengesetzte
Richtung, damit sie sich nicht gegenseitig ins Gehege
kommen.

Manche Leute sind zu doof, um das zu kapieren, andere
halten sich einfach nicht daran. Beides nervt. Auch Badende verirren sich gelegentlich auf Schwimmerbahnen
und dümpeln dann wie treibende Bojen herum, halten

---

[9] Die „echte" Lage: Schmetterling, Rücken, Brust, Freistil, das heißt
in der Regel Kraulen, ist mir wegen Schmetterling oder Delphin zu
anstrengend.

den Verkehr auf, stören. Einige Badende wähnen sich berechtigt, auf den beiden Rückenbahnen herumliegen zu dürfen nur weil sie auf dem Rücken baden, ihre Arme kaum oder gar nicht bewegen und mit den Füßen gelegentlich strampeln, zappeln. Spätestens dann wechsle ich auf die „Tempo"-Bahnen. Meist reicht mein Altherrentempo – aber manchmal werde ich dort zum Hindernis, tut mir leid.

Ich finde heutzutage Schwimmen langweilig. Als Schüler habe ich mir im Sommer im Freibad mit Schwimmen, tagein/tagaus von Mai bis September, die Langeweile vertrieben und so meinen beschränkten sportlichen Ehrgeiz befriedigt. Jeweils 1.000 Meter am Stück die klassische Lage, wobei ich die Reihenfolge veränderte, die 1.000 Meter Schmetterling und später das salonfähig gewordene Delphin kamen am Schluss, konnten, weil zu anstrengend, getrost verkürzt werden. Die volle Distanz schaffte ich selten, oft war das Wasser bei miesem Regen-Niesel-Wetter vornehmlich zu Beginn oder am Ende der Saison zu kalt. An seltenen Hochsommertagen war es einfach zu voll, selbst abends, kurz vor Feierabend. Manchmal wurde es mir dann doch langweilig. Gelegentlich war es auch eine Freundin, die ich nicht warten lassen wollte.

Nach den ersten 50 Metern Brust, habe ich das einmal geschafft, was ich an Strecke noch 29-mal zu schwimmen habe, 1 zu 29 – entmutigend. Wann ich mit der beckmesserischen Zähler- und Vergleicherei angefangen habe? Ziemlich bald schon nach Beginn meiner monotonen

Übung als ich untrainiert und krampfbedroht die 1.500 Meter mitunter noch nicht durchhielt. Zahlen haben es mir angetan. Mathematik hat mich auf dem Gymnasium oft gerettet, hat geholfen, die mangelhafte bis ungenügende Leistung in Deutsch auszugleichen, mich vorm Sitzenbleiben bewahrt.

Nach den ersten 100 Metern Brust habe ich einmal das an Strecke geschwommen, was ich noch 14-mal schwimmen muss, um auf die 1.500 Meter zu kommen. Geht doch: Gerade waren es noch 29-, jetzt sind es nur noch 14-mal. Nun ja, 14-mal die doppelt so lange Strecke wie bei den 29 Bahnen. Trotzdem, die Reduzierung um ein Weniges weniger als die Hälfte von 29 auf 14 tut meiner Seele gut. Selbstbelohnung durch Zahlenspielchen.

Ich wechsele die Schwimmart, Rücken ist dran. Ist die Bahn frei? Rückwärts auf jemanden aufzuschwimmen, soll mir möglichst nicht passieren, wäre unangenehm, peinlich – will ich nicht. Vorwärts lassen sich Kollisionen vermeiden, obwohl auch das mich stört: Das umeinander Drumherum schwimmen, das Aufpassen, das Einander-zu-nahe-kommen, das mögliche Touchieren. Ich schwimme lieber unbeengt und unbedrängt geradeaus.

Die Bahn ist frei. Ich hänge mich an die Überlaufrinne, um einen kunstgerechten Rückenstart hinzulegen. Es gibt da aus Jünglingszeiten ein Foto von mir, das meinen Rücken bei einem Wettkampfstart muskulös und durchtrainiert im aufspritzenden Wasser zeigt. Den Ehrgeiz habe ich mir erhalten … den durchtrainierten Rücken? Aus dem Augenwinkel sehe ich, dass einer neben mir startet.

Ich breche ab, um zu schätzen, ob er schneller ist als ich. Ist er vermutlich nicht. Ich warte, gebe ihm einen satten Vorsprung.

Dann habe ich die ersten 50 Meter Rücken hinter mir, 150 Meter insgesamt, das ist einmal das, was ich noch neunmal muss! 29 zu 14 zu 9 – die Anzahl der Strecken nimmt ab, ihre Länge nimmt allerdings zu. Ersteres macht mir Mut, letzteres lässt mich kalt.

200 Meter, die stehen zu den 1.500 Metern im Missverhältnis, einem gebrochenen, ungeraden Verhältnis. Einmal das, was ich noch sechs**einhalb**mal schwimmen muss? Das passt mir nicht. Ich beschließe – mal wieder – die 200er Distanz bei meinen buchhalterischen Übungen zu ignorieren. Wer so wie die 200-Meter aus der mathematischen Reihe tanzt, hat es nicht anders verdient. Ich nehme übel – und das jedes Mal!

Nach den ersten 50 Metern Kraulen habe ich 250 Meter geschafft, einmal das, was ich noch fünfmal muss. Ein kleiner Endspurt ist fällig, um meine individuelle Lage zu beenden und nur noch viermal das zu müssen, was ich mit meinen 300 Metern jetzt habe. Die 300 Meter erscheinen mir solide, ein solides Polster für die 1.500 Meter. Ich pausiere etwas länger und genieße meinen Teilerfolg.

Während ich die nächste Lage mit Brustschwimmen angehe, gerate ich ins Träumen, denn schwimmen ist, wie bereits festgestellt, höchst langweilig. In einem See nahe Berlin habe ich in DDR-Zeiten mit Hundepaddeln angefangen, mich über Wasser zu halten … ein Unstil, fast schüttele ich den Kopf und atme prompt eine Ladung Chlorwasser ein. Der Husten bringt mich aus dem Takt, kostet Kraft und bestraft einmal mehr meine Unaufmerksamkeit. Mit Mühe erreiche ich die 350-Metermarke, die in Relation zu den 1.500 Metern nichtssagend ist. Ich kann mich ganz, ohne denken zu müssen, meiner Regeneration widmen … atme ein, atme aus und das gleich- und regelmäßig.

350 Meter – nun komme ich doch ins Grübeln. Die Strecke muss ich noch dreimal plus irgendwas schwimmen. Das werde ich nicht im Kopf berechnen können, bin aus der Übung[10].

Auch die 400 Meter geben, auf den ersten Blick, hinsichtlich der 1.500 Meter nichts her. Mich störte schon bei den 200 Metern das Einhalb. Jetzt also noch kleinteiliger? Das, was ich habe, noch zweidreiviertelmal? Wenn ich das Einhalb halbwegs akzeptiere, kann ich auch das Dreiviertel meinetwegen viertelwegs zulassen. So ist das mit allem und jedem! Kommt man vom geraden Weg erst einmal ab, gibt's kein Halten mehr. Es sollte eine Frage des Prinzips, wenn nicht gar der Moral sein, Grenzen zu setzen und einzuhalten. Inzwischen bin ich mit Rückenschwimmen bei 450 Metern; immerhin dreimal das, was ich noch siebenmal schwimmen muss.

---

[10] Es sind drei und zweihundertfünfundachzigtausend siebenhundertvierzehn millionstel Strecken (3,285714…) und ein Priepelchen mehr, denn die Zahlenfolge 285714 hinter dem Komma wiederholt sich periodisch.

500 Meter, eine fast magische Marke: Nur noch zweimal das, was ich schon einmal habe! Die ersten 500 Meter habe ich mit Brustschwimmen begonnen, die zweiten beginne ich jetzt mit Kraulen und die dritten werde ich nachher mit Rückenschwimmen eröffnen – diese Abfolge gefällt mir. Jede Schwimmart führt eine 500-Meterstrecke an, jede kommt zu ihrem Recht, alle drei sind gleichberechtigt. Die Monotonie treibt seltsame Blüten.

Kleiner Triumph, mit 600 Metern habe ich die Lage zweimal hinter mir und muss sie nur noch dreimal bewältigen. Ich stelle mir den Querschnitt einer abgeflachten Pyramide vor, ein gleichseitiges Dreieck, dem die Spitze fehlt. Die Schenkel rechts und links sind jeweils sechs und die Verbindungslinie zwischen ihnen (der Basis gegenüber) drei Einheiten lang: Den einen Schenkel bin ich bereits „hoch geschwommen", jetzt folgt das flache, weniger anstrengende Mittelteil und dann geht es „schwupp di wupp" den anderen Schenkel „hinab", ein Kinderspiel!

Ich weiß, dass es so nicht ist. Die nächsten Lagen strengen mich bestenfalls genauso wie die ersten an, meist erreiche ich mein Ziel mit „letzter Kraft", mit schweren Armen und Beinen und wenig Luft. Das Bild von der platten Pyramide, die es zu besteigen gilt und die nach einem Spaziergang auf ebener Fläche mit einem leichten Abstieg winkt, ist mir sympathischer als die Realität.

Ich kann's nicht lassen. Bei 700 Metern kommt mir ganz von selbst in den Sinn: Drei**einhalb**mal geschafft, was noch viermal an Strecke zu schwimmen ist. Und wieder ärgert mich der Bruch, fehlen mir die geliebten gan-

zen Zahlen. Ein Bruch, ein Teil, ein Teilstück, ein Bruchteil … was Kaputtes eben!

750 Meter = Halbzeit!

Von jetzt an „geht's bergab". Die 1.500 Meter als perfek-
tes gleichschenkliges Dreieck gedacht. Und wieder gebe
ich mich der Illusion hin, dass die zweite Hälfte leichter
wird, schließlich muss ich nur noch einmal das schwimmen, was ich schon habe.

800 Meter, viermal hab ich's, drei**einhalb**mal muss ich's
noch. Es ginge auch anders: Was ich jetzt habe, muss ich
noch siebenachtelmal schwimmen. Die verbleibende
Strecke ist nicht mal mehr ein Ganzes. Ein halb, dreiviertel, sieben achtel! Kleiner sollte es nicht mehr werden,
schon gar nicht so bruchstückhaft wie bei 350 Metern
(siehe Fußnote 10).

Während der folgenden 100 Meter Rücken überlege ich,
was es heute zum Abendessen geben könnte und komme
natürlich aus der Bahn und behindere eine flotte Kraul-
erin, die mich überholt. Sie ist nicht nur jünger als ich, sie
ist viel jünger und hat zweifelsohne weniger Wasser zu
verdrängen als ich und außerdem krault sie, was per se
schneller ist als Rücken. Und ich hatte gedacht, ich sei aus
dem Alter raus und über Machogehabe erhaben.

900 Meter, die dritte von fünf Lagen, also nur noch
zwei zu schwimmen.   1.000 Meter, schon zweimal das,
was ich nur noch einmal muss. 1.050 Meter, siebenmal
150 Meter, bleibt dreimal die gleiche Strecke. Mein Rü-

ckenstart wird schmerzhaft ausgebremst. Ich habe einen unbotmäßigen Querschwimmer erwischt, der sofort anfängt zu pöbeln. Ich zeige auf das Schild, das mir das Rückenschwimmen ausdrücklich genehmigt, und weise darauf hin, dass ich im angeschlagenen Hinterkopf keine Augen habe. Er schimpft und flucht, ich schwimme weiter.

1.100 Meter sind fünf**einhalb**mal die 200 Meter, die ich noch zweimal muss. 1.200 Meter wie sechs zu ein**einhalb Strecken** oder vier der fünf Lagen geschafft. 1.250 Meter und von den sechsmal sind nur noch einmal 250 Meter übrig. 1.300 Meter; sechs**einhalb** zu eins. 1.350 Meter sind neun der zehn 150 Meter Strecken. 1.400 Meter, 14 von 15 Strecken geschafft. 1.450 Meter, 29 Strecken zu 50 Metern, nur noch eine bleibt übrig; das ist nicht einmal halb so erfreulich wie zu Beginn das umgekehrte Verhältnis entmutigend war. Ich versteh es zwar nicht, aber genauso fühlt es sich an.

1.500 Meter geschafft, wie sie mich geschafft haben. Die zweite Hälfte war wie immer nicht weniger anstrengend als die erste aber sie erschien mir kürzer, obwohl sie sicher mehr Zeit brauchte als die erste – längere Pausen, langsameres Schwimmen.

Unter der Dusche und beim Ankleiden nehme ich mir – wieder einmal – vor, in Zukunft nur noch die reinen, die ungebrochenen, ganzzahligen Strecken zu „deklinieren":

118

Meter	Haben	Soll
50	1	29
100	1	14
150	1	9
250	1	5
300	1	4
500	1	2
750	**1**	**1**
1.000	2	1
1.200	4	1
1.250	5	1
1.350	9	1
1.400	14	1
1.450	29	1

Ich bin fasziniert von der Schönheit, der Symmetrie, der Klappsymmetrie, der Schlichtheit der Tabelle!

Wenn das nicht reicht, kann ich ja auch noch den fünf Lagen á 300 Meter „Gerechtigkeit widerfahren lassen":

300 m: Eine hab ich,   vier muss ich noch.
600 m: Zwei hab ich,   drei muss ich noch.
900 m: Drei hab ich,   zwei muss ich noch.
1.200 m: Vier hab ich,   eine muss ich noch.

Ich spiele mit dem Gedanken, das stumpfsinnige Bahnen zählen gegen etwas anderes einzutauschen, was mir die Langeweile vertreibt. Ich sollte mir eine wasserdichte Stoppuhr besorgen, dann könnte ich die Zeiten miteinander vergleichen. Allerdings müsste ich sie mir notieren können. Das sollte möglich sein. An jedem Wendepunkt müsste ich wasserunempfindliche Schreibtafeln und

-stifte deponieren. Dann könnte ich jede Menge Statistiken erstellen, Bahnrekorde ermitteln über die Gesamtstrecke, für die Brust-, die Rücken- und die Kraulstrecken, für die fünf Lagen oder die 500 Meterdistanzen jeweils getrennt, die ersten und die letzten 50 Meter, Tagesbestzeiten usw. Diverse Kurven wären möglich, Leistungsvergleiche über das Jahr. Ich glaube, das wäre etwas für mich. Und was könnte mich hindern, mir mit beiden, dem Bahnen zählen und dem Zeit nehmen, die Langweile zu vertreiben?

Bevor ich das mache, bastele ich mir lieber noch eine Tabelle, eine mit ganzen Zahlen, eine vollständige ohne krumme Hunde:

Meter	Haben	Soll
50m	1	29
100m	2 / 1	28 / 14
150m	3 / 1	27 / 9
200m	4 / 2	26 / 13
250m	5 / 1	25 / 5
300m	6 / 3 / 2 / 1	24 / 12 / 8 / 4
350m	7	23
400m	8 / 4	22 / 11
450m	9 / 3	21 / 7
500m	10 / 5 / 1	20 / 10 / 2
550m	11	19
600m	12 / 6 / 4 / 2	18 / 9 / 6 / 3
650m	13	17
700m	14 / 7	16 / 8
750m	**15 / 5 / 3 / 1**	**15 / 5 / 3 /1**
800m	16 /8	14 / 7

850m	17	13
900m	18 / 9 / 6 / 3	12 / 6 / 4 / 2
950m	19	11
1000m	20 / 10 /2	10 / 5 / 1
1050m	21 / 7	9 / 3
1100m	22 /11	8 / 4
1150m	23	7
1200m	24 / 12 / 8 / 4	6 / 3 / 2 / 1
1250m	25 / 5	5 / 1
1300m	26 / 13 / 6 ½ [11]	4 / 2 / 1
1350m	27 / 9	3 / 1
1400m	28 /14	2 / 1
1450m	29	1

Nachtrag: Letztens schwamm ich im Ozean, im Atlantischen Ozean und schwamm und schwamm – Horizont soweit das Auge reicht und nichts als Wasser bis dahin, eine wellige Ödnis, keine Boje, keine Wendemarke, endlose Strecken ohne Maß – langweiligst!

Die Relativität der Zeit

Viele Leute meinen, es gäbe nichts älteres, als eine Zeitung von gestern. Ich empfehle diesen, das Fernsehprogramm von morgen!

---

[11] Ein Hoffnungsschimmer, dem Zwang doch noch zu entkommen?

Die Puppe

„Du hast Augen wie eine Puppe", flüsterte er in ihr aufgelöstes Haar auf dem Kopfkissen. Sie aber stieß ihn aus dem Bett, fuhr hoch, verlor die Erinnerung an die drei Wochen ihres gemeinsamen Lebens und stürzte aus der Wohnung. Erst auf dem Flur holte sie wieder Atem.

Mit kurzen Schritten hastete sie durch die Nacht. „Hallo, Puppe!", rief ihr einer nach, brachte sie zu Fall. Mit aufgeschlagenen Knien, die Panik im Nacken rannte sie weiter.

Zitternd vor Erschöpfung taumelte sie in ein Restaurant. Ein dicker, rotgesichtiger Ober fragte sie väterlich, was es denn sein dürfe. „Etwas Scharfes! Etwas, was brennt, was innen brennt!" Er runzelte die Stirn: „Für Püppchen wie Sie …" Da war sie schon draußen, hinter sich das brüllende Gelächter der Gäste.

Am frühen Morgen im Nebel eines vagen Tages fand sie ein Zuhälter. In seinem Bett wachte sie abends auf. „Dein Essen steht auf dem Tisch!" Sie quälte sich vor einen Karton Sägespäne und wollte nicht essen, bis er sie umklammerte und mit dem Löffel die Späne in sie hineinpresste. Er päppelte sie derart auf, dass ihre Konkurrenz die Nutten des ganzen Viertels rebellisch machte.

Und eines Tages lag sie mit ausgerissenen Haaren, versengten Wimpern, ausgekugelten Beinen und einem halb abgerissenen Arm auf einer der Müllkippen der Stadt. Ein Idiot nahm sich ihrer an, polierte mit seinem Fetzen von

Taschentuch ihre Wangen bis sie rosig glänzten. Er besorgte auch Leim und klebte den Arm wieder an. Eine Perücke aus Putzwolle schenkte er ihr.

Und dann nahm er sie in die Arme und der Tanz begann. Rechts zwei, drei / links zwei, drei über den Müllberg im Spagat. Und rechts zwei, drei / links zwei drei, kollerten sie den Abhang hinunter. So ging es Nacht für Nacht. Der Narr und seine Puppe hopsten und tanzten und sprangen auf dem Hügel herum.

Tags verbargen sie sich, der Trottel und seine Puppe. Sie wollten ihr Glück, zusammen zu sein, nicht gefährden. Sie hing an ihrem Idioten bis die Polizei ihn holte, um ihn in eine Anstalt zu sperren. Da gab sie auf, fügte sich in ihr Schicksal.

Ein Mädchen fand sie, verliebte sich in das schmuddelige, abgerissene Ding mit dem verbeulten Kopf, den wirren Haaren, dem schlappen Arm. Sie wurde ihre Lieblingspuppe und all ihre feinen, reinen Puppen hatten das Nachsehen.

Charmant, charmant

„Arbeit schändet nicht", sagte sich eine 23-jährige Witwe kurz nach dem Tode ihres Mannes, dem Ernährer ihrer kleinen Familie, und sie ließ sich als Packerin in einem modernen Logistikbetrieb anstellen.

Drei Jahre später ging die Witwe zum Tanzen und fand einen
Bewunderer.
Dieser setzte seinen geballten Charme und seine ganze Galanterie
ein und schätzte sie auf 35.

Das Quiz

Wir haben es geschafft! Endlich ist es so weit, lang genug haben wir ja gewartet!

Der Quizmaster empfängt uns breit grinsend mit dem unwiderstehlichen, unnachahmlichen Lausbubenlächeln im Männergesicht, souverän, des Publikums gewiss, seine persönliche Fangemeinde, wortgewandt und schlagfertig, die Lacher möglichst auf seiner Seite. Er platziert uns auf den barhockerähnlichen Sitzen. So thronen wir denn wie die Hühner auf der Stange – allerdings bequemer. Abgehoben einige Handbreit hoch sind wir der Bodenhaftung beraubt. Im hellen Licht der Scheinwerfer ist uns etwas bange, sind wir uns trotz des Lampenfiebers unserer Wichtigkeit bewusst, in unzähligen Wohn- und anderen Zimmern bundesweit, dank Satelliten weltweit in aller Herren Urlaubsländer präsent zu sein!

Nach kurzem Smalltalk, Geplauder um nichts: „Wo darf ich die Gewinnstufen einloggen?" Wir wählen die zehnte und die dreizehnte Stufe, 32- und 250.000,-- €. Ein Raunen, ein achtungsvolles, ein zweifelndes, geht durchs Publikum und der Moderator liftet telegen die Augenbrauen, schaut etwas amüsiert und mäßig süffisant aber gewinnend freundlich in die Runde – genau die Melange, die ihn unersetzlich und zum Publikumsliebling macht. „Das nenne ich mutig! Ist noch nicht vorgekommen!" Es hat ihm die Schlagfertigkeit verschlagen. Wir haben ihn beeindruckt, seine Routine unterminiert. Eins zu null für uns!

„Auf geht's, die erste Frage!" Er liest sie vor: „Ein Hund kam in die Küche und stahl dem Koch ein Ei. Da nahm der Koch …"

A … den Schrubber   B … den Schuh
C … den Löffel   D … das Sieb

Da ich anfange, begründe ich artig, wie in der Vorbesprechung vereinbart, dass der Schrubber auszuschließen sei, der sei eines Koches unwürdig. Auch der Schuh findet nicht meine Gnade, der sei Politikerwerkzeug[12] – ich gehöre zur älteren Generation. Bleiben „Löffel" und „Sieb" – beides Kochutensilien. Der Moderator verliert seine ihm eigene Geduld, drängt auf Entscheidung. Eins Komma fünf für uns.

Da ich wüsste, dass der Koch „…den Hund zu Brei schlägt", könnte es das Sieb wohl nicht sein, zu uneffektiv, zu unhandlich als Mordinstrument. Er solle bitte C, „den Löffel", einloggen. Meine Partnerin philosophiert noch ein wenig, für des Moderators Miene sichtlich zu lang, über Möpse im Allgemeinen und als ungebetene, unerlaubte Besucher einer Küche im Besonderen, stimmt dann aber vorbehaltlos meiner Entscheidung zu.

---

[12] Deutschland Kultur, 12.12.2015 (Internet): *„Mister Chruschtschow wurde von einem Mitglied der philippinischen Delegation erzürnt. Der Philippine sagte, dass die Sowjetunion den Menschen in Osteuropa ihre politischen und bürgerlichen Rechte geraubt habe. Daraufhin zog Mister Chruschtschow seinen rechten Schuh aus, stand auf und schwang ihn drohend in Richtung der philippinischen Delegation. Anschließend hämmerte er mit seinem Schuh auf den Tisch."*

„Das ist richtig! Die nächste Frage!" Der Moderator hat es eilig, will die bei der ersten Anwärmfrage über Gebühr vergeudete Zeit wieder einholen. Meine Partnerin bremst ihn mit einer erhobenen, Stopp gebietenden Hand: „Wollen wir weiter machen?", fragt sie mich. Ich sage – ich gebe es zu, es war zwischen uns abgesprochen –: „Nein! Wir nehmen die 500,--€ und gehen." Glatte drei zu null für uns! Der Quizmaster auf eigenem Platz und die Geldgier für dieses Mal geschlagen. Und „ … Publikum, noch stundenlang, wartete auf Bumerang."

Variation:
Die erste Frage hätte auch lauten können: „Wat den Eenen sin Uhl, is den Annern sin …"

A … Klapperschlange   B … Großmutter
C … Nachtigall   D … Geige

Ich beschwere mich: „Das ist unfair! Das ist eine lokal patriotische Norddeutschenfrage! Ich bin kein Norddeutscher, ich wohne zwar seit fast 40 Jahren in Hamburg bin aber nach Ansicht der Einheimischen immer noch und ewiglich ein Quiddje! Ich kann nur raten und nehme mal A: Klapperschlange." Meine Partnerin plädiert für „B: Großmutter" nach dem Motto: „Uhl – das dürfte vermutlich was mit der Vorsilbe ‚ur…', wie uralt, zu tun haben."

Der Moderator rauft sich, wenn auch nicht sichtlich, so doch mimisch die gepflegten Haare, legt „Veto" und

„tauschen" nahe. Angesichts der Gewinnstufen geht ein Raunen, ein enttäuschtes, durch die Reihen. Meine Partnerin: „Also gut, Veto und tauschen!"

„Was Hänschen nicht lernt, lernt …"

A … Hans mit Glück   B … Paulchen umso besser
C … Hans nimmer mehr   D … Hans auswendig

Ich: „Ja, wenn es Hans im Glück statt mit Glück hieße, wäre ich für A. Das Märchen hatte es mir als Kind angetan! So aber bin ich für C: … nimmer mehr!" Meine Partnerin schießt sich auf Paulchen ein, Paul ist ihr Lieblingsname. Wenn einerseits ein Paulchen etwas besser lerne als ein Hänschen, könne das nur stimmen. Andererseits sei das nicht unbedingt logisch. Sie schließt sich nach einigem Hin und Her etwas widerwillig meiner Ansicht an und wehrt wie oben die zweite Frage ab.

Gesetzliches

Da reden die Politiker dauernd von „freiheitlich, demokratischer Grundordnung".
Und die ist natürlich in Gefahr.
Genügt nicht eine Gefährdung der Freiheit oder die der Demokratie? Und was ist der Grund einer Ordnung?

Auf der Suche nach Wärme

Schnee lag, zwei fingerbreit Schnee, der Hauch einer Decke, die in sich das milchige Tageslicht fing, um es lautlos zu verschwenden in einen matten Himmel, gegen kahle Bäume. Ihn störte die Stille nicht, sie erreichte ihn nicht, er hörte nicht zu. Nur der Frost war in ihm, fraß sich in seine Haut, tobte durch seine Adern, tat weh. Und er sog den Frost in seine Lunge, spie ihn lautlos aus, grauweißer Nebel, Wolken von gefrorenem Atem hinter ihm und seine Schritte, Abdrücke im vagen Schnee.

Gestern hatte es noch keinen Schnee gegeben. Wir hatten Worte gehabt und Hände und hatten uns in den Traum eingesponnen, schweigen zu dürfen. Ich habe das Schweigen zwischen ihr und mir zerstört. Das war gestern, gestern habe ich nicht mehr mitgemacht. Das war es, das war alles. Eine Geschichte mehr.

Er ging ruhig, von außen sah er wie ein Spaziergänger aus.

Kein Grund zur Besorgnis. Wenn ich weine, gibt es eine Eisbahn auf meinem Gesicht. Wenn ich Flöhe hätte, könnten sie dann Schlittschuh laufen in meinem Gesicht? Wenn ich nach Blumen suche, mache ich mich lächerlich. Es ist zu kalt — es ist erfroren. Gestatten sie? Es gab heute nur Eisblu-

men. Nehmen sie sie ruhig in die Hände. Wie
traurig, sie schmelzen. Aber die anderen welken.

Er lief sich ein wenig davon, stand dann nach Atem ringend still.

Wenn ich mich nie mehr bewege, wenn es friert,
wenn Schnee fällt, werde ich ein Schneemann?

Er ließ sich fallen und kollerte, Schneestaub um sich, den kleinen Abhang hinunter, zurück.

Und noch einmal, der Gipfelstürmer!

Er hockte sich hin, lauschte auf das Signal und gab es sich selbst: „Los!" Die Füße rutschten unter ihm weg. Platt lag er vor seinem Abhang. Mühselig robbte er sich vorwärts. Auf halber Höhe stand er auf, klopfte sich den Mantel aus, hob leicht die Schultern. Er ging den Hügel hinauf.

Drei Meter über dem Meeresspiegel! Tolle Leis-
tung. Zugabe!

Er blickte prüfend um sich, suchte sich den größten, knorrigsten Baum seines Gipfels aus. Er kletterte hinauf, war plump in seinem Mantel, kratzte sich die Hände wund. Oben war mehr Frost, ein Meer von Frost, eine Weite von Kälte. Unten gingen zwei Menschen, sie sahen nicht auf.

Ich möchte Krähen pflücken. Die kahlen Äste tragen im Winter Krähen, das sind erfrorene Früchte. Eine schwarze Krähe in der Hand, zerfleddertes Stück Tier. Eine Krähe wäre gut. Wenn ich eine Krähe hätte, wäre…

Auf der gepuderten Erde fand er zwei Spuren. Sein Hügel war benutzt worden. Da ging er einen anderen Weg. Ein bisschen Tier wäre etwas. Aber auch in den Mulden fand er nichts. Er ging, bis er ganz kalt war.

Als er die Stadt wieder betrat, fand er in einer Hecke am Rand einer schmierig matschigen Straße einen flügellahmen Spatzen. Der war ganz klein und grau und ängstlich. Er nahm ihn in eine Hand, mehr brauchte es nicht.

Abhärtung

„Nur Mut!", sprach der Vater zu seinem Kinde und schubste es ins Haifischbecken.

Der nächste freie Mitarbeiter...

Wieder einmal klappt die Datenübertragung nicht so wie es der entsprechende Vertrag verspricht. Es hakt beim Telefon, beim Handy, beim Fernseher oder PC und Konsorten – egal was, es funktioniert nicht. Also rufe ich eine Null-Achthundert-Nummer an, meinen Dienstleistungsanbieter. Suchen Sie sich einen aus, egal wen, bis auf marginale Unterschiede erwartet Sie – wie jetzt mich – die gleiche Magensäure produzierende Prozedur:

„Wenn Sie ‚dit‘ wollen, wählen Sie die Eins oder sagen Sie (deutlich): ‚Eins‘. Wenn Sie ‚dat‘ wollen, wählen Sie die Zwei…“, und das kann so bis zur Fünf, zur Sieben oder Acht weitergehen. Sehen Sie zu, dass Sie bei der Aufzählerei nicht vergessen, was Sie wählen oder sagen sollen, sonst geht's von vorne los.

Sie wählen und eine Stimme fordert Sie entschieden mit der Freundlichkeit einer Maschine auf, nochmals zu wählen – jetzt allerdings auf einem viel konkreteren Niveau als in der ersten Schleife. Den möglichen Differenzierungsniveaus sind keine Grenzen gesetzt. Preisen Sie sich glücklich, wenn Ihr Dienstleistungsanbieter mit zwei oder drei vorliebnimmt!

Sollten Sie das, was früher „das Fräulein vom Amt" oder die Telefonzentrale von Maier & Co. KG. für Sie erledigte, nämlich Sie zu verbinden, erfolgreich geschafft haben, kommt eine beliebig lange Gardinenpredigt, was Sie statt des Anrufes hätten – besser – machen können. Sie hätten die Hausseite des Anbieters aufsuchen können, hätten Ihr Anliegen in standardisierter (bloß nicht freier) Form schriftlich vorbringen, hätten im Internet selbst recherchieren, das CD-gespeicherte Manual bemühen oder gleich den Kaffeesatz befragen können.

Sie haben nicht; also müssen Sie, ohne die über Sie verhängte, impertinent laute Dröhnmusik regeln oder gar abstellen zu können, eingestreute Verbalattacken ertragen: „Bitte haben Sie noch etwas Geduld, der nächste freie Mitarbeiter..." Wenn Sie das zehn- bis hundertmal überstanden haben, hängt Sie eine gnädige Technik einfach ab oder Sie geben freiwillig (willig?) auf.

Manchmal heißt es, Sie seien der Dritte oder der Elfte in der Warteschlange. Das ermutigt, Sie harren aus! Ich lasse mir sogar Warteschlangen bis zu ca. zwanzig Leidensgenossen gefallen. Ich bin eben naiv und hoffe, dass nicht nur ein Berater Dienst hat. Manchmal sind Sie aber der Fünfhundert und achtundsiebzigste Anrufer (vorzugsweise nach Weihnachten), das sagt aber keiner und schon gar nicht, dass – leider, leider – heute oder zurzeit nur zwei Kundenbetreuer an der Strippe strampeln (die anderen fünfzehn sind – wen wundert es? – krank und die übrigen im Weihnachtsurlaub).

So verbringen Sie Tage am Telefon und vergessen, was nicht funktioniert oder beschließen, auf diese Funktion zu verzichten. Und schon sind Sie erleichtert, froh und nahezu zufrieden. Ein toller Dienstleistungsanbieter, er hat Sie glücklich gemacht! Und es keimt in Ihnen der

Gedanke, auf all diese Dienstleistungen zu verzichten. Aber: Was tun Sie dann den lieben langen Tag lang?

1. Nachschrift

Früher – ich bin Nostalgiker! – waren (nicht wirklich aber werbewirksam) Kunden Könige. Bei Hotlines ist das anders. Andersrum? Gegenteil? Die Dienstleister verfügen per Hotline beliebig über Zeit und Nerven ihrer Kunden. Versuchen Sie das mal bei einem König!

So gesehen bekommt der Begriff Verbraucher eine ganz neue Bedeutung. Verbraucht werden Zeit, Nerven, Geld der Kunden für Störungen, die keiner behebt, weil keiner erreicht wird und der, der nicht zu erreichen ist, nichts weiß, zumindest keine Ahnung hat, wie er mir als Laien verständlich machen kann, was er mit seinem chinesischen Computerfachamerikanisch meint. Selbst wenn ich wider Erwarten nach langem Warten jemand erwische: Ich verstehe ihn nicht – er mich auch nicht! Welch Segen, dass wir über hochentwickelte Kommunikationsmedien verfügen!

2. Nachschrift

Hotline – eine heiße Linie oder Strippe? Die Strippe, das Kabel, die Funkstrecke bleiben so kalt und gleichgültig und unbeeindruckt wie die deutsche Eiche, an der sich eine Sau schubbert. Hot, heiß wird das Ohr des Anrufers; heiß wird seine Langmut nach zehn, zwanzig, dreißig Minuten der „musikalischen" Dauerberieselung und der bis zum Erbrechen wiederholten Versicherung: „Der nächste freie Mitarbeiter ...". Die Langmut wird frustriert und mutiert zur Wut, die Wut zur Verzweiflung, die Verzweiflung zur Resignation!

Heiß werden die Hände, die jemanden für diese Behandlung durch Computersprech und Wumm-Wumm-Musik würgen wollen – wenn da jemand wäre! Eine vergebliche Vorstellung: Verantwortlich ist keiner und der ist weder zu eruieren noch zu erwischen.

3. Nachschrift
... freier Mitarbeiter ... (???)

Elektronik
Wenn ein Vierjähriger fragt:
„Mami, warum reist Nils Holgersson nicht auf einem Laserstrahl?", könnte es daran liegen,
dass Spielekonsolen überbewertet sind.

Fertigbauburgen

Am Abend kamen sie im „Goldenen Tröpfchen" zusammen, tröpfchenweise, Tropfenformen auf krummen Beinen. Dazwischen der Lehrer, ein ausgetrockneter Rebstock. Sie ließen sich nieder, tranken vom Besten, denn der Herr Wirt war Bürgermeister. Ein Weinfest wollten sie haben, duldeten vom Rebsaft gestärkt die erdrückende Tradition der Dörfer ringsum nicht länger. So hatten ihre Väter gesessen und deren Väter, aber ein Weinfest war nicht geboren worden. Nicht, dass die heimischen Tropfen schlechter gewesen wären als die der Nachbardörfer, nein, auch ihr Wein sei gewinnbringend nur auf einem Weinfest zu verkaufen. Ohne Fest seien sie gezwungen, ihren Wein an die Nachbardörfer zu Schleuderpreisen zu verscherbeln. Es fehle eine Weinfestattraktion, ein Weinfestmagnet!

Da stand denn der Lehrer auf und lallte, sich respektvoll beherrschend, den einzigen Fabrikanten von Moselwies an. Nach weiteren drei Stunden waren die Herren vom Rat sich einig, eine Burg musste her. So waren auch ihre Väter auseinandergegangen, goldträchtige Burgruinen vor den weinnassen Augen. Heute war dieser Traum, Dank der Findigkeit des Lehrers und einer von ihm versehentlich bestellten Fachzeitschrift des Baugewerbes über Fertighäuser, zur fast greifbaren Wirklichkeit geworden.

Auch mit nüchternem Kopf musste sich der Herr Fabrikant am nächsten Morgen eingestehen, dass an den Gedanken des Herren Lehrers etwas sei. So wurden Modelle erstellt, und kein dreiviertel Jahr später erhob sich über den Weinbergen von Moselwies eine von innen erleuchtete Burgruine. Das Weinfest war ein voller Erfolg.

Im nächsten Jahr hatten die Moselwieser sich drei Fertigbauburgen aufstellen lassen und hatten bald mit den umliegenden Dörfern Verträge abgeschlossen. So flutete denn Jahr für Jahr eine ständig steigende Anzahl von Fertigbauburgen und -ruinen die Mosel und schließlich auch den Rhein auf und ab. Und es gab nicht ein Weinfest, auf dem nicht jeder zehnte Besucher eine Burg vorübergehend sein eigen hätte nennen können. Als dann auch noch der Architekt Kleinschmidt aus Moselwies das aufblasbare Fundament erfand, so dass die Fertigburgen auf jedem Steilhang und bei noch so empfindlichem Boden ohne Schaden für die Burg oder die nächste Ernte aufgestellt werden konnten, war es jedem Besucher möglich, die leidige Frage nach dem „Warum" der Schönheit an Mosel und vor allem am Rhein zu beantworten.

In Gelsenkirchen tagte aber, noch bevor der Fabrikant aus Moselwies ein jährliches Einkommen von fünfzig Million überschritten hatte, eine ernsthafte Gruppe berufener Heimatpfleger. Und beim diesjährigen Weinfest in Moselwies, das nur noch Eingeweihte zwischen den strahlenden und angestrahlten Burgen und Burgruinen finden konnten, gründeten sie den „Verein gegen den Missbrauch saisonabhängiger Fertigburgen in Moselwies und Umgebung", kurz „VgdMsFiMuU" genannt. Ihm schlossen sich bald die Vereine von Dortmund, Wuppertal, Essen und die unzähligen Heimatvereine an Mosel und Rhein an.

Der Verband der „Antifertigburgherren", wie sie verhohnepiepelnd in der Presse genannt wurden, gelangte bald zu einem respektablen Einfluss. Die Landesregierung konnte schließlich nicht anders, sie musste sich den Forderungen des Verbandes beugen, obwohl die stattliche Fertigburgenindustrie dem Konjunkturrückgang – wenigstens in diesem Teil deutscher Heimat – einen beachtlichen Hemmschuh entgegengesetzt hatte. Es kam zu einem Kompromiss, der in der nächsten Legislaturperiode bevorzugt zum Bundesgesetz erhoben wurde. Ein Landesgesetz hätte Württemberg, Franken, Sachsen etc. nicht beeindruckt.

Nach dem Gesetz ist es jeder Ortschaft an Mosel, am Rhein oder sonst wo in der Republik, zum Beispiel auch in Hamburg, untersagt, während der jährlichen Weinfeste mehr als drei Fertigbauburgen und höchstens eine Fertigbauburgruine, auf einem Quadratkilometer zu errichten. (Die Produktion von Fertigbauburgen bindet um ca. 30% mehr Arbeitskräfte als die von Fertigbauburgruinen.) Eine einmalige Ausnahme bildet dabei nur Moselwies, das in Anerkennung seiner Verdienste und als Urheber das Recht erhielt, vier Fertigbauburgen und zwei Burgruinen pro Quadratkilometer aufzustellen. Die Weinfeste in Moselwies sind daher die allerbeliebtesten.

Gelegentlich gehen mancherorts ein bis zwei der Fertigbauburgen in Brand auf. Das ergibt die schönsten Ruinen, viel realistischere als die frisch gebauten Fertigbauburgruinen – man sieht's und riecht's. Manchmal wird von Brandstiftung gemunkelt. Da werde nachgeholfen, das ungleiche Verhältnis von Fertigburgen und -ruinen zu bereinigen. Das ist natürlich üble Nachrede, Gerüchteküche, Verleumdung. Allerdings verwundert es, dass es fast nie zum völligen Abbrennen der Burgen kommt. Bis auf eine einzige Ausnahme (die Freiwillige Feuerwehr war so besoffen, dass sie die Brandstätte nicht fand) waren die Löschzüge immer rechtzeitig zur Stelle, um eine herzeigbare, attraktive Realruine zu retten.

Der Verband der „Antifertigburgherren", längst zur NRO[13], zum Lobbyschwergewicht mutiert, wird sich demnächst der Asylantenproblematik annehmen. Die Politiker werden radikal umdenken müssen.

Redensart
Eine Wolldecke ist total cool!

---

[13] Wikipedia: „Eine Nichtregierungsorganisation (NRO bzw. aus dem Englischen NGO) oder auch nichtstaatliche Organisation ist ein zivilgesellschaftlich zustande gekommener Interessenverband."

Zivilcourage in Uniform

Bei Major von Steinhagen fand am Abend des regnerischen, nebligen achtundzwanzigsten Oktobers eine Feier anlässlich der Großjährigwerdung seiner einzigen Tochter, Adelinde, statt. Geladen waren sämtliche Herren des Offizierskorps des siebzehnten Panzergrenadierbataillons sowie die höheren Offiziere des Regimentes mit ihren heiratsfähigen Söhnen. Selbst ein General, ehemaliger Schützenkamerad des ergrauten Majors, war gebeten worden und war erschienen.

Umso peinlicher und äußerst abträglich einer ausgeglichenen Hausherrenrolle war die Autopanne, die den Major einige zig Kilometer von der preußisch exakt ausgerichteten und praktisch angelegten Siedlung, in der auch er eines der austauschbaren Häuser bewohnte, aufhielt. Der Herr Major kam zu spät und war bei Gott und soldatisch frei gesprochen „sauwütend". In solcher Stimmung bog er in eine der Siedlungsstraßen ein, fand auch seine Heimstatt mit dem Instinkt der Gewöhnung, denn anders waren die Häuser höchstens noch durch ihre Nummern zu unterscheiden. Das Maß – in jahrzehntelanger Pflichterfüllung und unbedingtem Gehorsam weidlich ausgedehnt – das Maß, das dem Herrn Major zur Verfügung stand, um Unmut zu schlucken, lief trotz der Feier, trotz der Tochter, trotz der honorigen Gäste über. Auf seinem ihm seit fast zehn Jahren angestammten Parkplatz auf der Straße vor seiner Wohnung stand ein Wagen.

Herr Major von Steinhagen vergaß, seinen Wagen polizeigerecht abzustellen, zuzusperren, vergaß, die Lichter auszuschalten, vergaß seinen Herzfehler und stürmte ins Haus und platzte in die zwanghaft fröhliche Gesellschaft und schrie: „Welcher Hundsfott hat mir meinen Parkplatz gestohlen?"

Das war gegen die Etikette, und der General verließ das Fest. Und solchermaßen bekam der Major umgehend seinen Parkplatz frei aber nie die Ernennung zum Oberstleutnant.

Freiheit

Amerika – freistes Land der Welt – hat vermutlich den größten Stacheldrahtverbrauch,
schon allein wegen der Rindviecher.

Ikarus

Noch stehe ich in meinem Zimmer, gehe die Wände ab, lausche. Es ist viel Geräusch hier. Rauschen in Wasserleitungen, es wird abgedreht, verstummt. Eine Hand hat einen Wasserhahn abgedreht. Draußen eine Straßenschlucht, sie drückt ihren Schall in mein Zimmer. Geknatter von Motorrädern, Röhren manipulierter Auspufftöpfe, Stimmen, Schritte. Ich warte und ertrage den Lärm zwischen den Wänden, versuche mir einzureden, dass er nicht in meine Ohren dringt, aber meine Ohren dröhnen.

Heute und hier ist das Zimmer. Gestern war die Fahrkarte für den Zug in meiner Hand. Die Fahrkarte hatte ich nach der Reise abgegeben, in den Trichter eines roten Kastens geworfenen: „Fahrkarten bitte hier!" Das Stück Karton mit der Verheißung fremder Städte war von mir, von meiner Hand aus dem Verkehr gezogen worden.

Mitten in mein lächelndes Aufatmen lief ein Mann. „Müller", bücklingte er, „gestatten, Müller! Vom Komitee, Sie wissen schon. Ganz vorzügliches Reisewetter haben Sie sich da ausgesucht", purzelten seine Worte aus seinem runden Gesicht auf kurzem Körper. „Ich weiß nicht, wovon Sie sprechen!", belog ich meine Blässe. „Sie scherzen", und er ergriff meine Aktentasche. „Ich werde in N. erwartet!"

Seine runden Glupschaugen tasteten mein Gesicht ab: „Vom Komitee?" Ich nickte. „Ich Glückspilz! Ich sagte doch gleich, Erna, sagte ich, heute ist mein Glückstag. Erna, meine Frau, wissen Sie, glaubt nicht an mein Glück.

Aber sehen Sie, sehen Sie, man muss nur an sein Glück glauben. Es bleiben einem nur sechs hungrige Kindlein oder der Glaube an sein Glück, pflege ich zu sagen. Ich habe sechs Kinder." „Ich werde in N. erwartet."

„Schon gut, schon gut! Was für ein Glück. Was macht es Ihnen schon aus, dass hier erst E. ist. E., habe ich zu Erna gesagt, E. liegt genau in der Mitte, da kann ich Glück haben. Wenn einer von A. nach N. fährt, wird er es sich in E. überlegt haben."

„Und wenn ich es mir in C. überlegt gehabt hätte?", schoss die Wut über diesen Schwätzer in mir hoch.

„In C. hätte Steigemeier das Glück gehabt. Kennen Sie Steigemeier? Dem hätte ich es gegönnt, hat auch mindestens acht Kinder und alle immer hungrig. – Nein, so ein Glück. Wie lange haben wir auf Sie gewartet? All die Jahre und immer wieder die Rundschreiben vom Komitee mit ihren Aufforderungen auszuharren, standhaft zu bleiben, die Mittags- und Abendzüge von A. zu kontrollieren …"

Wir hatten den Bahnhof verlassen, standen in der staubgeblähten Luft des Junitages. Müller winkte ein Taxi. Ich war benommen von ihm, seiner Rederei, der Luft. Mit geschlossenen Augen saß ich im Fond des Wagens. Auf der Innenfläche meiner Lider wirbelten feurige Sonnenräder.

Als wir ausstiegen, fragte ich Müller. „Nein, nein, bis O. wären Sie nicht gefahren. O. ist ein ganz aussichtsloser Posten, da kommen immer nur die Neuen hin. Wenn Sie von A. nach N. fahren, halten Sie es höchstens bis M.

aus, Leute wie Sie! In X. Y. und Z. soll das Komitee nur Kinder eingesetzt haben, pro forma sozusagen. Sie hätten ja einschlafen können. Aber ich bitte Sie, wer, wer kann bei dem Druck bis Z. schlafen?"

Gestern oder vorgestern oder im Juni bin ich angekommen. Ich schlafe nicht mehr. Wenn ich das Zimmer verließe, die Fahrkarte fände, sie aus dem Berg Papier zöge wie den Haupttreffer, ich könnte nach Z. fahren. Mit einem Kind wird man fertig, auch ich, auch jetzt noch. Und auf der Straße steht Müller. Ich kann mein Zimmer nicht verlassen. Morgens schaue ich aus dem Fenster, Müller, halb im Nebel, formlos aber mit dem Morgenlächeln seines Glückes. Ich bin sein Glück, morgens ertrage ich es.

Mittags pfeift er, und einmal habe ich achtlos hinaus gesehen. Da stand er, balancierte ein Tablett auf der ausgestreckten Linken, griff mit den Fingern der Rechten in die Töpfe, fischte sich Fleisch und Kohl heraus, schlang ganze Pfunde Nudeln in sein breites Maul. Um ihn herum seine sechs Kinder, hochgereckt, die gelben Schnäbel sperrangelweit auf.

„Da!", bot er mir an und würgte ein halbes Hühnchen hinunter, spie die Knochen von sich, prustete den Kindern eine Ladung Sauce über die Köpfe. „Da!"

Abends, wenn er im Lichtkegel der Lampe steht und mich nicht sieht in meinem dunklen Zimmer, kommt seine Frau. Das Komitee denkt an alles, aber ich mag nicht. Und ihr schlanker Körper, milchweiß im

Straßenlicht, ihre schattigen Augen nimmt Müller zwischen die Finger, verschlingt sie da unten auf der Straße. Nur ihre Hände und Füße an langen, schlanken Armen und Beinen liegen frei im Viereck verteilt, gehen nicht unter, verschwinden nicht unter Müller. Ihre Hände gehören mir, tasten sich durch die Nacht zu mir, fahren durch mein Haar, über meinen Rücken, über meinen Bauch, streicheln meine Lenden, vermessen meinen Körper nach Wärmegraden. Sie, ihre Hände, sind kühl, saugen mein Fieber aus meinem Fleisch.

Ich gehe die Wände ab, ich rauche nicht. Heute kommen sie, jetzt weiß ich, dass es heute sein wird. Müller trägt im Nebel ein ernstes Gesicht. Mittags bleibt er allein, bietet mir das Tablett, bittend! Mit einem Löffelchen zählt er sich Störeier in sein gespitztes Maul. Im Knopfloch eine blütenweiße Damastserviette. Müller speist.

In der Mitte des Nachmittags öffnet sich hinter mir die Türe. Wie ich mich umdrehe, stehen sie schon im Zimmer. Sie verbeugen sich. Plötzlich ist mein Hals steif, und ich hatte gedacht … Mein Mund ist trocken. Einer kommt auf mich zu, gibt mir in meine klamm-heißen Finger ein Dokument, dienert, geht rückwärts, reiht sich in die schwarz-weiße Front mir gegenüber ein. Wir stehen, sie stieren mich an, ich bin ihnen ausgeliefert.

Sie warten und eine Hand führt mir das Dokument vor die Augen, (in schweren Buchstaben) – „**Das Komitee** – (in leichten Buchstaben aber fein säuberlich) – bittet Sie, keinen Widerstand zu leisten, um jegliches Aufsehen zu vermeiden. **Das Komitee** – (wieder dickgedruckt) – hat von Ihrem freiwilligen Anerbieten Gebrauch gemacht und ist gehalten, Ihre Entscheidung für Sie umzusetzen." Ich unterschreibe.

Auf dem Flur begegnet uns eine Frau. „Sind Sie der neue Nachbar? Freut mich, Sie kennenzulernen!", und sie reicht mir ihre Hand. Unter der Schürze zieht sie einen Laib Brot und einen Salzstreuer hervor. Sie schneidet einen Kanten ab, bestreut ihn mit Salz, schiebt mir das Brot zwischen die Zähne.

Auf der Straße, in der ein offener Lastwagen auf uns wartete, erfasste uns eisiger Wind. Der beißende Frost quetschte mir die Tränen aus den Augen, in salzigen Bahnen gefroren sie mir noch auf der Wange. Von der Stadt E. sah ich nicht viel. Dann setzte dichtes Schneetreiben ein und umhüllte uns weiß, undurchdringlich. Nur das leichte Vibrieren des Sitzes ließ die Vermutung zu, dass wir fuhren. Als der Wagen hielt, sackte der Schneesturm in sich zusammen, Sonne ergoss sich über das Land.

Vorsichtig werde ich aus dem Wagen gehoben. Behutsam klopft man mir die Eiszapfen vom Kinn, taut mich auf. Erst jetzt sehe ich ... ich stehe keine drei Schritt von einer senkrecht ins Meer fallenden Steilküste entfernt. Ich drehe mich um, sehe den Herren vom Komitee – jetzt in dicke, weiße Pelzmäntel gekleidet – in die Augen. Sie lächeln, weisen mit höflicher Geste hinter sich. Die Ebene der schmalen Landzunge ist schwarz von Menschen.

Auf einer Tribüne rechts von mir, gewagte Stahlkonstruktion über dem Abgrund, beginnt ein Musikkorps der Freiwilligen Feuerwehr die Festhymne zu intonieren. Ich lausche zusammen mit ungezählten anderen Ohren den Klängen, die sich metallen und hart in den frostigen Winterhimmel schwingen.

„Gehen Sie!" Und ich schreite über einen roten Läufer hinauf zur Tribüne. Die Menge klatscht, brüllt, pfeift, winkt, begeistert sich an der eigenen Erwartung, stürmt gegen die Absperrungen.

Der Präsident reicht mir die faltige Greisenhand, und die Meute hinter mir droht, sich im eigenen Rachen zu verschlingen. Die Augen des Präsidenten sind grau und klein, und um die Iris zucken erstarrte rote Äderchen.

„Liebe Festversammlung ...", viermal muss er seine Stimme erheben, viermal wird sie von der Menge wie eine lästige Fliege weggepustet. „Liebe Festversammlung! Ich als Präsident des Komitees" – Bravo, Hurra in der Menge – „habe die große Ehre diesen tapferen Mann," – Hurra, Bravo in der Menge – „diesen Letzten der Selbstlosen," – einige klatschen – „diesen Columbus des Fortschrittes zu seiner großen Tat alles Glück zu wünschen ... " Der Präsident redet.

In der ersten Reihe links, etwas abgedrängt, entdecke ich Müller. Er trägt einen Orden. Schräg hinter ihm, als verstecke sie sich, seine Frau, nur flüchtig kann ich sie sehen. Sie hat die Hände tief in den Taschen ihres Flauschmantels vergraben. Ihre Augen sind niedergeschlagen, schauen auf Müllers Stiefel.

147

Der Präsident schweigt, schüttelt mir die Hand. Die Menge tobt, die Musik spielt.

Zwei Mann ziehen mich aus. Nackt stehe ich vor dem Präsidenten auf dem Podium. Die Menschen recken sich die Hälse aus. Und ganz allein zu mir sagt der Präsident: „Ich wünsche Ihnen alles Gute, haben Sie recht viel Glück. Erreichen Sie Ihr Ziel!"
Und ich wende mich dem Turm zu, hinter mir der erstarrte Atemzug einer unübersehbaren Menge. Ich klettere hinauf, stehe oben, fünf Meter über dem Podium. Ich winke dem Volk bevor ich Anlauf nehme, höre ein tausendfaches Einatmen, Luftanhalten.
Ich trete in das federnde Sprungbrett, schwinge mich in die Luft, einhundert, zweihundert Meter über der Brandung, sehe mich im Flug um und sehe in der sinkenden Sonne eine unberührte, schneeweiße Ebene – hinter mir.

Müller

Ich bin nicht Ikarus, ich habe nur Angst, wie Müller zu sein.

Die CaFaRi[14]

Dem hohen Hochkommissar für „Gesundheit, Folklore und Hygiene" der Europäischen Gemeinschaft lagen

- ein Gutachten,
- ein wissenschaftlicher Bericht,
- die Frucht einer EU-geförderten transnationalen Studie,
- das abschließende Resümee eines fünfjährigen Projektes mit zweimaliger Verlängerung um je ein Jahr und
- ein Ergebnis, das 293% der ursprünglich geschätzten Summe gekostet hat,

vor.

Der Gegenstand des 51-köpfigen, in elf EU-Ländern beheimateten Gremiums, der unzähligen persönlichen Berater und der für spezifische Fragen hinzugezogenen Spezialisten war dem hohen Hochkommissar letztlich schnurtz piep egal. Wichtig und entscheidend war, dass ihm das Ergebnis eine Chance bot, sein persönliches Renommee zu verbessern; seine Zukunft zu sichern! Das Ergebnis schrie nach Eingreifen, nach Regelung. Endlich hatte auch dieses dem Proporz geschuldete Amt, dieser Hochkommissar eines EU-Zwergstaates Aussicht, sich nützlich zu machen, in die europäische Rechtsgeschichte einzugehen, sich und seinem Ländchen ein Denkmal zu setzen.

---

14 Das „C" ist nicht als „ze" sondern als „ka" zu lesen: Kafari!

Es war nicht hinzunehmen, dass das Fahren von Cabriolets nicht nur dem üblichen Straßenverkehrsrisiko, sondern auch noch zusätzlichen Gesundheitsgefährdungen ausgesetzt war. Ein Cabriolet zu fahren hatte sich als weit lebensgefährlicher erwiesen als sich einem beliebigen anderen PKW vertrauensselig anzuvertrauen.

Die Aussicht, mit den Lobbyisten der hochnäsigen Autoindustrie aneinander zu geraten, beflügelte den hohen Hochkommissar. Die sorgten schon dafür, dass die Geschichte eine mehr als angemessene Popularität erhielte. Weltweit Rückgrat nicht nur zu zeigen, sondern – davon war er überzeugt – auch erfolgreich durchsetzen zu können, wird ihm sozusagen den Titel Höchstkommissar eintragen, ihn für das Amt des EU-Präsidenten prädestinieren. Seiner seinem Ego schmeichelnden Fantasie waren keine Grenzen gesetzt. Und so blies er zum Angriff.

Aber so schnell – das haben sie von den Preußen gelernt – so schnell schießen sie nicht, die Europäer. Erst einmal wurde ein Ausschuss gebildet, der „Richtlinien zur Zusammensetzung eines Ausschusses für die Erarbeitung eines Entwurfes einer EU-Richtlinie zum Cabriolet Fahren auf europäischen Straßen" erarbeiten sollte; offiziell „RZAEE-EURCFeS"-Ausschuss genannt (wobei der Bindestrich zwischen dem zweiten und dem dritte „E" nicht nur die Merkbarkeit erhöhen, sondern auch das „EU", das Europäische, hervorheben sollte).

Bis der Sondierungsausschuss wirklich gebildet wurde und hätte tagen können, vergingen Monate, in denen ein unerbittliches Tauziehen zwischen Wissenschaftlern,

Umweltschützern, Lokal- und Europapolitikern, Auto-freaks (insbesondere von Cabriolet Clubs), Autoindustrie, kurz allen, die etwas zu sagen hatten oder meinten, sagen zu müssen, tobte. Schließlich griff das EU-Parlament ein und verfügte im Rahmen einer Sondersitzung eine Frist für die Erarbeitung der Empfehlung des „RZAEE-EURCFeS" und bestimmte, dass der Ausschuss nicht weniger als 20 und nicht mehr als 50 Mitglieder haben sollte. Es wurden – und dafür sorgte der unermüdliche, persönliche Einsatz des hohen Hochkommissars – 50 plus eins, der Platz des Präsidenten des „RZAEE-EURCFeS", das Zünglein an der Waage.

Diesem als eine Art Vorausschuss gedachtem Gremium bürdete der hohe Hochkommissar im Alleingang wegen der von ihm befundenen Eilbedürftigkeit – jeder Cabrio-let Geschädigte ist einer zu viel – die Würde und die Auf-gaben des eigentlichen Richtlinienentwicklungsausschus-ses auf. Und mit Hinweis auf die Zeit besetzte er das nunmehr 51-köpfige Organ gleich selbst.

Das eigenmächtige, undemokratische, autoritäre, ty-pisch EU-bürokratische Handeln des hohen Hochkom-missars löste – wen wundert es bei der Brisanz des The-mas – einen globalen Aufschrei der Empörung aller Gut-europäer und hämischste Häme aller Europagegner aus. Es hätte nicht viel gefehlt und der hohe Hochkommissar wäre tief gefallen.

Sein heimatlicher Zwergstaatenpräsident rettete ihn. Geschickt wusste der mit allen politischen Wassern gewa-schene Machtprofi das Schmollpotential des Kleinen gegen die Goliaths auszuspielen. Wie immer, wenn es um Marktanteile gehe, schlügen die Großen zu! Wie immer, wenn den Großen und ihren einflussreichen Industrien Ungemach drohe, opfere man einen Kleinen! Wie immer sei der Kleine der Sündenbock, habe die Rolle des Prügelknaben zu spielen! Er stilisierte den hohen Hochkommissar zum Opfer.

Er, der Präsident, hätte ja von Anfang an Bedenken gehabt, sein Land vor der Vollmitgliedschaft in der EU gewarnt. Nun ja, seine noch aus Oppositionszeiten stammende Skepsis werde durch die mediale Hetzkampagne gegen seinen Parteifreund und langjährigen Weggefährten, seinen integren Hochkommissar, diesem Beispiel an Rechtschaffenheit, diesem Vorbild an Sorge um das Gemeinwohl, diesem selbstlosesten Menschen bestätigt. Der Richtlinienausschuss arbeite dem Hochkommissar zu, seine Empfehlungen seien die Basis der vom Hochkommissar vorzulegenden Gesetzesinitiative. Da müsse es ihm, dem Hochkommissar, schon gestattet sein, Leute seines Vertrauens, zumindest seiner Wertschätzung auszusuchen und zu berufen.

Der hohe Hochkommissar verzichtete, um des lieben Friedens willen, seinerseits auf die Ernennung eines Ausschussvorsitzenden. Der und seine Stellvertreter sollten vom Gremium selbst gewählt werden. Außerdem wechselte er einen von ihm nominierten Umweltaktivisten gegen eine Autolobbyisten aus. Damit war dann die Meute der Wirtschaftsjournalisten zufrieden gestellt oder hatte

sich längst anderen Katastrophen und Skandalen zuge-
wendet.

Der Ausschuss für die C̲abriolet – F̲ahr – R̲ichtlinie,
CaFaRi (sprich: „Kafari", man sagt Kabriolet und nicht
Zabriolet[15]) konnte seine Arbeit aufnehmen, was er an-
hand der eingangs erwähnten Forschungsergebnisse mit
Elan – teils pro / teils contra – tat. Das löste zum Entzü-
cken des hohen Hochkommissars weltweit eine heftige
Debatte aus! Es ging um die vermeintlich oder tatsächlich
schädlichen Auswirkungen des Cabriolet Fahrens.

Einiges der leidenschaftlich geführten Debatte sei hier
kurz gestreift. Die jeweiligen Unterlagen und Kommentare füllten USB-Sticks mit Gigafassungsvermögen oder –
für Konservative – eine schier endlose Reihe von Akten-
ordnern.

Einig waren sich Wissenschaftler, Lobbyisten und
Funktionäre, dass übermäßiges Cabriolet Fahren insbesondere infolge des Klimawandels mit seiner Intensivie-
rung der UV-Strahlung auch in Finnland und am Nord-
kap Sonnenbrände bis Verbrennungen zumindest zweiten, höchst umstritten dritten Grades verursachen kann.
Außerdem könne es zu Hitze- und Hirnschlägen kommen, meinten einige eher mediterran erfahrene Fachleute.
Aber man müsse berücksichtigen, dass Cabriolet Fahrer
EU-weit überwiegend älter als 18 Jahre und damit selbst

---

[15] Internet Welt der Sprache: „Kaesar und Kikero gingen ins Konkil,
Kaesar im Kylinderhut, Kikero in kivil." – „Cäsar und Cicero gingen
ins Konzil, Cäsar im Zylinderhut, Cicero in zivil."

verantwortlich seien. Und überhaupt gelte, insbesondere in Deutschland: Freie Fahrt dem freien Bürger! Das Axiom könne für Cabriolet Fahrer nicht beschnitten werden. Axiom sei nun mal Axiom! Gerade sie, die Cabriolet Fahrer, genössen den sie umspielenden Fahrtwind als Aus- oder Eindruck von Freiheit und selbst auf Autobahnen als Innbegriff von Naturverbundenheit! Cabriolet Fahrer dürfe man keinesfalls diskriminieren, das sei politisch inkorrekt!

Das in dem von der EU finanzierten Projekt nicht erwähnte Hautkrebsrisiko wurde von Herrn Prof. Dr. Dr. Knüppelmüller als schlagendes Argument für ein Verbot von Cabriolets zwar nicht in wissenschaftlich einschlägigen, sondern in eher schlagkräftigen Boulevardblättern vehement in die Diskussion eingebracht. Fachleute vermuteten, dass der bisher Namenlose mit seiner Kampagne wider den Fahrspaß den Absatz seiner diversen, in ihrer Wirkung fragwürdigen aber immerhin nicht schädlichen Schönheitspräparate und -kuren fördern wollte. Sie hielten dem Doppeltpromovierten, trotz seines Professortitels nicht Habilitierten entgegen, dass die Cabriolets nicht eindeutig ursächlich für die Entstehung von Hautkrebs seien. Schattenloser, ungefilterter Balkongebrauch, um nicht zu sagen Missbrauch und die gesamte Sommer-, Sonnen-, Pooltouristik sowie Sonnenbänke, Solarien und Bräunungsstudios seien als Sündenböcke für Hautkrebs verheerender. Und gerade Cabriolet Fahrerinnen und Fahrer pflegten ihr braun – knackig – gesund – Image auch in der Winterzeit, was zumindest in Hamburg und

Umgebung in der trüben Jahreszeit kaum durch Offenfahren zu erhalten sei. Nein, Herr Prof. Dr. Dr. Knüppelmüller mache es sich zu einfach, denke bei der multifaktoriellen Ursachengemengelage zu linear, zu einseitig kausal. Kurz: Er habe Unrecht!

Harmlosere Folgen des Cabriolet Fahrens wie Schnupfen, Bronchitis, Ohrensausen, Kopfschmerzen etc. pp. wurden zwar diskutiert, als Argumente für ein Cabriolet Verbot oder eine Beschränkung der Cabriolet Nutzung aber verworfen. Sie seien für so weitgehende, die Selbstbestimmung der mündigen Bürger missachtende Entscheidung zu alltäglich, zu banal.

Aufsehen, wenn auch nur vorübergehend, erregte ein Artikel im „Esoterischen Heilpraktiker". Da schrieb eine Gläubige, dass das Cabriolet Fahren das Krampfaderrisiko nicht nur steigere, sondern Krampfadern verursachen könne. Die Autorin, Frau Henriette K., erklärte den ursächlichen Zusammenhang zwischen Cabriolet Fahren einerseits und Krampfadern andererseits durch den wegen des Fahrtwindes im Kopf und im Brustbereich entstehenden Überdruck. Der werde durch Unterdruck im Bauch- und Beckenbereich sowie in den Beinen kompensiert. Die Folge: Krampfadern ohne Ende! Gefahr von Unfällen jeder Art besonders von Auffahrunfällen, weil infolge eines Krampfes nicht oder nicht ausreichend gebremst, gelenkt, Gas weggenommen werden könne. Mitunter werde durch einen Krampf zusätzlich Druck aufs Gaspedal ausgeübt, was in brenzligen Situationen katastrophale Folgen haben könne.

Frau K. ließ durchblicken, dass sie als Esoterikerin das Autofahren insgesamt verbieten lassen wollte, wenn sie nicht selbst begeisterte Autofahrerin – allerdings eines geschlossenen Kleinwagens – wäre. Dieser von einem Meisterjournalisten, dessen Name aus Urheberrechtsgründen leider nicht zu nennen ist, aufgedeckte Widerspruch brachte die rege Diskussion schlagartig zu Fall.

Eine vorläufige, vorsichtige Bewertung der unterschiedlich gewichtigen und mehr oder minder kontrovers diskutierten Argumente lege, so der Präsident des CaFaRi-Ausschusses, ein Contra gegen das Cabriolet Fahren nahe, allerdings keineswegs so eindeutig, dass man mit einem strikten Produktions- und Fahrverbot rechnen müsse. Vielmehr rechne er bei aller Vorsicht mit einer wie auch immer zu gestaltenden Einschränkung der Nutzung von Cabriolets.

Und schon schossen die unterschiedlichsten Vorschläge ins Kraut. Einige seien genannt:

- Fahrverbot von Cabriolets mit ungerader Endnummer der Zulassung in ungeraden Monaten, mit geraden Endnummern in geraden Monaten.

- Als Variante: An ungeraden Tagen einerseits und geraden andererseits.

- Fahrverbot in den Monaten Juni bis September für die nördlich Erdhalbkugel, von Dezember bis März für die südliche.

- Automatische Schließung und Öffnung der Cabriolet Dächer im Stundentakt bei Sonnenschein.

- Konstruktion eines Cabriolet Daches mit eingeschränkter Öffnungsweite; so etwa zwischen Schiebedach und Vollöffnung.

Mit irgendeiner Einschränkung musste gerechnet werden, weil das Thema nun mal diskutiert wurde, weil eine Gesundheitsgefährdung nicht auszuschließen war, weil ein Zurück zum Status Quo politisch absolut unkorrekt gewesen wäre. Man denke nur ans teils militant eingeführte und rücksichtslos bis zur Gewaltanwendung vertretene Rauchverbot in öffentlichen und mancherorts auch privaten Räumen. Die zwangsweise Bemalung von Cabriolets beispielsweise mit farbigen Bildern von Brandopfern wurde trotz des auf Zigarettenpackungen zelebrierten pädagogischen Zeigefingers der EU-Gesundheitsminister verworfen: Zu ineffizient bei der gewohnten täglichen Flut von Blut-, Mord- und Horrorbildern in sämtlichen Medien.

Immerhin reichte diese Einschränkungserwartung aus, um einer süddeutschen Nobelmarke, einen geheimen Forschungsauftrag ans amerikanische MIT[16] zu vergeben.

---

[16] Wikipedia: Das Massachusetts Institute of Technology (MIT, deutsch Institut für Technologie Massachusetts) ist eine Technische Hochschule und Universität in Cambridge, Massachusetts in den USA, gegründet 1861. Das MIT gilt als eine der weltweit führenden Eliteuniversitäten und erreicht in internationalen Vergleichen regelmäßig einen Spitzenplatz

Den deutschen Universitäten, auch den exzellenten, traute man offensichtlich nicht oder nicht so richtig. Gesucht wurde ein Schutzschild gegen UV- Strahlung, ein die UV-Strahlung abweisendes Magnet-, Energie- oder sonst wie konstruiertes Feld über jedem einzelnen Cabriolet. Gefunden bzw. kreiert wurde nach erstaunlich kurzer Zeit eine Blackbox, deren Innenleben strengster Geheimhaltung unterlag. Selbst die NSA[17] soll, trotz ihrer unbestrittenen Omnipotenz, Mühe gehabt haben, den Konstrukteuren auf die Spur zu kommen.

Man munkelte, dass ein Teil des Fahrtwindes unter der Kühler- bzw. Motorhaube in die Blackbox eingesogen und dort möglicherweise ionisiert oder mit irgendwelchen Nanopartikeln aufbereitet werde. Die UV-Strahlungs-resistente oder die Strahlen absorbierende oder entschärfende Luftemulsion werde dann von der Blackbox unter Hochdruck durch Düsen oberhalb der jeweiligen Frontscheiben wie ein Schirm über dem Cabriolet aufgespannt. Das Cabriolet Fahren wäre auch in Zukunft uneingeschränkt möglich, weil nicht weiter gesundheitsgefährdend, jedenfalls nicht mehr als sonstiges Autofahren.

Was dem einen Nobelfabrikanten recht, musste dem anderen, ebenfalls süddeutsch beheimateten, zwar nicht billig aber existentiell notwendig sein; nicht so sehr finanziell sondern imagemäßig gesehen. So wurde auch dort nach einer verlässlichen Lösung gesucht. Es ging dabei

---

[17] Wikipedia: Die National Security Agency (deutsch Nationale Sicherheitsbehörde), offizielle Abkürzung NSA, ist der größte Auslandsgeheimdienst der Vereinigten Staaten.

um eine je nach Richtlinie geforderte flexible Einschränkung des Cabriolet Fahrens. Dieser Autohersteller ließ in den werkseigenen Forschungsabteilungen einen komplexen Sensor, eigentlich ein Sensorsystem entwickeln. Das System erfasste differenziert die Sonneneinstrahlung in definierten Einheiten, je nachdem ob sie von vorn, von oben, von rechts, von links oder von hinten kam. In welchem Winkel sie auch immer einwirkte, gemessen wurde intensitätsabhängig in Grad, Minuten und Sekunden. Das UV-Dosimeter genannte sensorsensible System wurde mit einer Schalt- und Steuerungselektronik verbunden.

Nach der jeweiligen Norm der CaFaRi, die sich ja von Jahr zu Jahr unter Berücksichtigung der in einer Begleitforschung ständig erhobenen Messwerte zur Klimaentwicklung verändern kann, sollte die Elektronik das Cabriolet Dach öffnen oder schließen. Der Fahrerin oder dem Fahrer[18] sollte weitgehend freigestellt sein, ob sie bzw. er die Steuerung auf Tages-, Wochen-, Monats- oder Jahresnorm einstellte. Bei einem Jahresnormabgleich riskierte sie bzw. er, dass noch vor Ablauf einer überdurchschnittlich sonnigen Saison Schluss sein konnte und sich das Cabriolet Dach erst wieder im nächsten Jahr öffnen ließ. Andererseits habe auch der Tagesnormabgleich seine Tücken. Anfangs der Saison sei vom Sensorsystem mit eher vorsichtigem Umgang mit Öffnungszeiten zu rechnen, die sich bei einem verregneten Sommer später nicht

---

[18] Der Hersteller legt großen Wert auf jede Art von geschlechtlicher Gleichbehandlung, um das der Autoindustrie anhängende Machoimage zu relativieren.

unbedingt mehr ausgleichen ließen. Zur Not müsse man dann eben im Winter offen fahren, um die Jahresnorm doch noch erreichen zu können und nichts zu verschenken. Ein Übertrag von Öffnungszeiten von einer auf die andere Saison sei wegen der wissenschaftlich fundierten jährlichen Anpassung der Norm nicht möglich.

Wie im Märchen ein König, der was auf sich hält, ein gar wunderschönes Kind, eine Prinzessin so süß wie Milch und Honig hat, so erfreute sich auch der hohe Hochkommissar im realen Leben eines inzwischen erwachsenen Töchterleins von 20 Jahren und atemberaubender Schönheit. Er war von ihren Kindes-, von ihren Babybeinen an vernarrt in sie und hatte ihr nie etwas abschlagen können. Ein Blick ihrer strahlend blauen Mandelaugen, ein ehemals tapsiges, heute zärtliches Streicheln seiner Wange – ob rechts oder links galt im gleich viel – und er schmolz dahin, er erfüllte ihr nicht nur jeden Wunsch, sondern überhäufte sie mit all dem, was sein gut bezahlter Job hergab. Ihren Cabriolet Wunsch, den – und das war einmalig – lehnte er rundweg und entschieden, vehement und ein für alle Mal ab! Einen deutschen Politiker zitierend, ließ er laut und vernehmlich ein: „Basta!" hören.

Das Töchterlein fügte sich schmollend und übelnehmend in das Gottgegebene bis sie sich in einen Banker verliebte, der ihr als Morgengabe ein Porschecabriolet vor die Tür stellte. Der hohe Hochkommissar war entsetzt, beleidigt und ohnmächtig. Er konnte dem geliebten Töchterlein das Geschenk weder verbieten noch entreißen, und von bösen Buben kaputtmachen lassen, wollte er es auch nicht. Wider besseren Wissens und schlechterer Erfahrung vertraute er darauf, dass sein für teures Geld in Amerika studierendes Glückskind mit ihrem Cabriolet schon nicht auffallen werde. Sein Engagement für und im CaFaRi-Ausschuss ließ allerdings merklich nach.

Als dann die Europawahlen anstanden, erschien, wie kaum anders zu erwarten, in einer englischen Illustrierten ein bissiger Artikel mit Foto von dem fotogenen Töchterlein im offenen Cabriolet vor der malerischen Kulisse des Monument Valleys. Die blitzeblauen Augen vor der rostrotbraunen Felsenlandschaft unter einem strahlend blauen Himmel begeisterten die Leser. Das war es dann aber auch für den Herrn Papa. Und der von einem Autoherstellerkonsortium gedungene Liebhaber des Töchterleins hatte ebenfalls ausgedient, verschwand von heut auf morgen und ließ die so listig Beschenkte aber gemein Betrogene untröstlich und wütend zurück.

Der nachfolgende Hochkommissar hatte andere Themen und Probleme im Portfolio und so stotterte sich der CaFaRi-Ausschuss bei schwindender Beteiligung seine 51 Mitglieder noch durch zwei Sitzungen, um dann in der Versenkung zu verschwinden, was keinen schmerzte, kaum jemanden interessierte und nur die Mitglieder zwar nicht ärmer aber eben auch nicht mehr reicher machte. Nur die Haushälter vom Finanzressort stöhnten ihren bei solchen Beerdigungen regelmäßig erhobenen aber kaum vernehmlichen Protest. Was an Honoraren für die

CaFaRi-Ausschussmitglieder, deren Berater und die sporadisch hinzugezogenen Spezialisten, an Reisekosten, Spesen, Sach- und Materialkosten angefallen war, ging auf keine Kuhhaut, trotzdem konnte man den europäischen Agrarfond nicht damit belasten – wie schade!

Wünsch dir was

„Machen Sie das Schiebedach nicht so weit auf, es zieht sonst."
„Nein, ein Stückchen weiter müssen Sie es schon öffnen, es pfeift sonst."
„Ja, danke, so halb offen merkt man nichts davon!"

Einsam arm

Vor mir schlurft, schleicht ein alter Mann, nein, eigentlich ein Herr, in den Lebensmitteldiscounter und eigentlich schlurft er nicht. Er schreitet, sehr langsam, bedächtig setzt er wie in Zeitlupe einen Fuß vor den anderen. Eine schlanke Erscheinung; schwarzer langer Mantel, maßgeschneidert(?), die Stelle, auf die er sich seit Jahren (Jahrzehnten?) setzt, hat an Farbe verloren, ist abgewetzt gräulich, etwas glänzend; grobe Schuhe, die nicht zum einst eleganten Mantel passen; an den Fersen zwischen Schuhen und grauer Hose ist links ein farblich undefinierbarer Socke, rechts ein gelber Verband oder Stützstrumpf zu sehen. Er geht an zwei unterschiedlichen Stöcken. Den einen ziert ein silberner oder silberfarbener Knauf, der andere ist rein hölzern, ein banaler Spazierstock mit gebogenem Griff.

Im Laden begegnen wir uns zwischen den Regalen. Er sieht mich mit seinen graublauen Augen nicht an, scheint eher abwesend zu sein. Sein Blick ist nicht eigentlich traurig, eher ernst, etwas starr, vielleicht bitter. Er hält sich kerzengerade. Ein schmaler Kopf, spärlich grauweiß behaart; im feinknochigen Gesicht ein stoppeliger, grauer Drei-Tage-Bart; eine gerade Nase, die Michelangelo nicht besser hätte modellieren können. Er wirkt vornehm, früher hätte man ‚aristokratisch' gesagt.

An der Kasse ist er drei Kunden vor mir. Er zahlt mit einer EC-Karte. Der erste Versuch missglückt. Stoisch, unbewegten Gesichts versucht er es nochmals, wieder

Fehlanzeige. Die Kunden in der Warteschlange an der Kasse werden leicht ungeduldig.

Die Kassiererin laut und deutlich als hätte sie es mit einem Schwerhörigen zu tun: „Sie haben eine falsche PIN eingegeben. Ist Ihnen heute wohl schon öfter passiert. Jetzt ist die Karte gesperrt. Sie müssen sie bei Ihrer Bank entsperren oder sich eine neue Geheimzahl geben lassen." Der Herr im schwarzen Mantel schaut resigniert vor sich hin.

Die Kassiererin legt stimmlich nach, damit auch alle es hören, auch die weiter hinten im Laden bei den Gefriertruhen: „Die Karte tut's nicht mehr. Sie müssen zu Ihrer Bank!" Demonstrativ gelangweilt, wie unbeteiligt gibt sie ihm mit spitzen Fingern die Karte zurück, genießt sichtlich ihre Kassiererinnenmacht. Er scheint nicht zu verstehen. Zögerlich nimmt er die Karte wieder an sich und verstaut sie umständlich in einem kleinen schwarzen Portemonnaie.

„Wollen Sie bar bezahlen?" Unhörbar für uns in der Warteschlange sagt er vermutlich: „Nein." „Dann muss ich die Ware hier behalten." Über sein Gesicht scheint die Andeutung eines Lächelns zu huschen, die Idee eines traurig-wehmütigen Lächelns. Das Prozedere scheint ihm nicht unbekannt zu sein.

Die Kassiererin räumt routiniert mit ausdruckslosem Gesicht zwei Puddings, ein Päckchen Brot, eine Dose mit irgendwas darinnen und in Folie eingeschweißten Schnittkäse hinter sich; Waren im Wert von ein paar Euros, sicher weniger als fünf. Der Herr schaut zu, wendet sich ab und schreitet langsam mit hoch erhobenem Kopf, einen Fuß vorsichtig vor den anderen setzend, davon.

Irgendwie bin ich peinlich berührt. Musste die Kassiererin ihn derartig bloßstellen? Und die Kunden? Was haben sie gedacht, gefühlt? Haben sie überhaupt … oder war ihnen das Ganze egal? Hat es ihnen Spaß gemacht, Schadenfreude pur? Gut, dass es den Alten trifft und nicht mich. Wie kann man nur so blöd sein? Könnte mir nicht passieren. Haben sie so gedacht? Hatten sie Mitleid? Waren sie empört? All der Überfluss in diesem Laden und einer kann nicht mithalten, nicht einmal beim Notwendigen. Bringt sie das in Rage?

Reagiert hat keiner, auch ich nicht. Auch ich tat so, als gingen mich der Alte, der Herr, und die rücksichtslose Kassiererin nichts an, als hätte mich die Szene nicht beschämt. Später nehme ich mir übel, dass ich nichts getan habe, dass ich ihm nicht angeboten habe, für ihn zu zahlen.

Wochen danach packe ich hinter der Kasse meine gerade erworbenen Discounterschnäppchen ein, da sehe ich den alten Herren durch die automatisch aufgleitenden Eingangstüren schreiten. Déjà-vu – nur dieses Mal bin ich vor, nicht hinter ihm. Ich weiß eigentlich nicht warum – Neugierde / Fürsorge – ich beschließe, auf ihn zu warten, während er einkauft. Er lässt sich Zeit. Wie ich da so rumstehe, mustert mich eine Verkäuferin immer wieder misstrauisch, sagt aber nichts.

Endlich taucht er bei den Kassen auf. Umständlich kramt er ein Päckchen Brot, ein Pfund Margarine, eingeschweißten Aufschnitt, zwei Tafeln Schokolade aus einem verknitterten Plastikbeutel, legt die Sachen behutsam, als seien sie zerbrechlich, auf das Band. Zwischen ihm und der Kundin vor ihm und dem Kunden hinter ihm scheint Distanz zu bestehen – Achtung, Fremdheit, Respekt? … oder riecht er wie sein abgetragener, einst nobler Mantel aussieht?

Er erreicht die Kasse. Der Kassierer schaut ihn nicht an, grüßt nicht, behandelt ihn, als sei er Luft (schlechte Luft?), zieht mit gelangweiltem Gesicht den Einkauf des alten Herren Stück für Stück über den Scanner. Dieses Mal zahlt der Herr bar. Ich bin erleichtert, rechne nicht mit einer peinlichen Szene. Er stülpt sein schwarzes Portemonnaie um, schiebt die herausfallenden Münzen zum Kassierer, der sie mit flinken Fingern sortiert.

„Das reicht nicht. Es fehlen ein Euro und vierzig Cent." Der Herr schaut suchend in sein Portemonnaie. Dass er nichts findet, scheint ihn nicht zu wundern. Etwas hilflos schaut er den Kassierer fragend an. Der wiederholt, als hätte er es mit einem begriffsstutzigen Kleinkind zu tun, Silbe für Silbe betonend: „Es feh-len ein Eu-ro und vier-zig Cent!"

Der Herr murmelt für mich Unverstehbares. „Dann müssen Sie etwas hier lassen. Die beiden Tafeln Schokolade, die kosten ein Euro und fünfzig Cent. Dann kriegen Sie noch zehn Cent raus!" Der Kassierer greift sich, ohne auf eine Antwort zu warten, die zwei Tafeln Schokolade. Die Augen des alten Herren ziehen sich zusammen.

Ich bin neben ihn getreten: „Darf ich Ihnen aushelfen?" Er reagiert nicht, steht da, als ginge ihn das nichts an. „Hier, nehmen Sie die eins vierzig und geben Sie dem Herren die Schokolade wieder", sage ich zum Kassierer und reiche ihm das Geld. Der zuckt die Achseln und die Mundwinkel, hält mich vermutlich für bekloppt, meschugge, plemplem, streicht die Münzen hastig ein, will mich und den Alten loswerden. Kunden warten nicht gern an Kassen.

Ich reiche dem Herren die beiden Tafeln Schokolade. Er sieht auf die Tafeln, schaut kurz zu mir. Seine Augen flackern, fangen sich, ziehen sich wie hinter einen Vorhang zurück. Er nimmt die Tafeln, lässt sie in seinen Beutel fallen, beachtet die schon zurückgegebenen zehn Cent nicht, lässt sie wie ein Trinkgeld liegen, nimmt seine Stöcke, den mit dem Silberknauf und den rein hölzernen, dreht sich von mir weg und geht, schleicht mit geradezu majestätischer Langsamkeit davon. Der Kassierer grinst geringschätzig und wendet sich dem inzwischen ungehaltenen nächsten Kunden zu, lächelt ihn freundlich an, verdreht in meine Richtung die Augen.

Ich bin irritiert – aber, was hatte ich erwartet? Dass er, der Herr, mein Angebot stolz, verärgert, wütend, beleidigt ablehnt? Dass er verschämt, traurig, überrascht, „danke", sagt? Dass er mir Rückzahlung anbietet? Inzwischen hat er den Laden im Schneckentempo verlassen. Ich gehe ihm nach, hole ihn ein paar Meter weiter ein, werde langsamer, passe meine Schritte seinen Schrittchen an, gehe neben ihm her. Er schaut geradeaus, muss mich eigentlich bemerkt haben, sieht aber nicht zu mir. Will er mich ignorieren? Bin ich ihm peinlich?

„Darf ich Sie zu einem Kaffee einladen?", frage ich und ärgere mich, weil meine Stimme klingt, als hätte ich etwas verbrochen. „Wieso?"

Weil es mich interessiert, ob ihre Geschichte hält, was ihr Mantel, ihre Haltung, ihr Gesicht versprechen … das kann ich doch nicht sagen. Weil ich wissen will, wer oder was Sie ruiniert hat oder ob Sie ihren Mantel in einer karitativen Kleiderkammer für Bedürftige gefunden haben … auch das geht nicht. Wie wäre es mit einer Ausflucht? Soziologische Untersuchung? Kapitalismuskritik? Journalistisches Interesse? Nächstenliebe (muss ja nicht unbedingt gleich christliche sein)? Alles Quatsch.

„Weil ich wissen will, wer Sie sind und wie Sie geworden sind, was Sie sind." „Kneipe oder Café?" „Wie Sie wollen." „Also erst Café, dann Kneipe." So viel Entschiedenheit hätte ich ihm nicht zugetraut.

Im Café bestellt er sich einen Cappuccino und nacheinander einen Bienenstich, ein Stück Butterkuchen und einen Amerikaner. Zügig vertilgt er, was ihm serviert wird, ohne es zu verschlingen – nicht unästhetisch, wie er isst. Trotz seines offensichtlichen Hungers – oder Heißhungers auf Süßes – beherrscht er sich. Während er isst, ist er ganz und gar auf die Kuchenstücke konzentriert als gäbe es sonst nichts auf der Welt. Völlig aussichtslos und unverzeihlich rücksichtslos wäre es, ihn etwas zu fragen, ihn zu stören. Ich sehe ihm fasziniert zu, trinke meinen Milchkaffee.

Sein Aussehen hat sich seit unserer letzten Begegnung nicht oder nur unwesentlich verändert. Der Drei-Tage-Bart scheint erst zwei Tage alt zu sein. Die graublauen Augen erinnern mich an Husky Augen, wirken auf mich zwar nicht tot, aber wie eingeschränkt lebendig. Lange, schlanke Finger, gepflegte Fingernägel, sauber, akkurat gefeilt – schöne Hände.

Bevor wir das Café verlassen, genehmigen wir uns einen Cognac, auf seinen Wunsch hin einen französischen von der gehobenen Preisklasse. Der Mantel scheint ihm eigen zu sein. Der Cognac ist wiederum in Stille, quasi verinnerlicht zu genießen. Ich habe, es geht nicht anders, zu schweigen.

Er führt mich in eine etwas schmuddelige, verräucherte, trotzdem gut besuchte Eckkneipe, steuert, ohne nach rechts oder links zu blicken, einen Tisch in einer Ecke an, möglichst weit weg von den anderen Gästen, die sich um den Tresen drängen.

Er legt, wie schon im Café, den Mantel nicht ab. Er möchte ein Bier, keinen Schnaps. Bis das Bier kommt, schweigen wir uns an. Seine wieder etwas verhangenen, graublauen Augen fixieren einen Punkt in der unteren Hälfte meines Gesichtes zwischen Unterlippe und Kinnspitze, schätze ich. So halb unentschieden scheint er sich auf mich einlassen zu wollen, so halb entzieht er sich, bleibt auf Distanz.

„Wieso haben Sie für mich bezahlt?", fragt er mit klarer Stimme nach einem ersten Schluck Bier. Sein Blick verharrt weiter auf meinem Kinn. Die Frage macht mich verlegen, ärgert mich ein bisschen. Er dreht den Spieß einfach um, nicht ich frage, sondern er. Nicht er ist das Rätsel, sondern ich. Nun ja, das wäre meine Spielregel gewesen, nicht seine.

Und warum habe ich für ihn bezahlt? „Ich wollte mit Ihnen ins Gespräch kommen", rede ich mich, alle sonstigen Motive missachtend, heraus. „Ins Gespräch kommen", wiederholt er und lauscht seinen Worten wie einem Echo nach. „Sie sprechen nicht viel?", wage ich einen Versuch. „Mit wem?", fragt er. „Sie leben allein?", interpretiere ich. „Allein ...", echot er. Ich beginne, Rührseligkeit zu befürchten, sehe schon weißbläuliche, wässrige Tränen aus seinen Husky Augen tropfen, wappne mich. Sein Gesicht verzieht sich zu einem Grinsen, einem zarten, fast weiblichen Lächeln: „Wäre das eine Erklärung? Ein Beweis?"

Wieder schweigen wir uns an. Mir fällt nichts ein. Der so schüchtern, verschreckt, irgendwie alltagsuntauglich wirkende Diskounterkunde und mein jetziger Gesprächspartner scheinen mir nicht zusammen zu passen. „Warum wollen Sie wissen, wie ich wurde, was ich bin?", fragt er mit leicht aggressivem Unterton und fügt leise, wie für sich an: „... was ich zu sein scheine." Nach einer Pause: „Weshalb ist Ihnen das ein Euro vierzig, Kaffee und Kuchen, einen Cognac und mindestens zwei Bier wert – ich bestell mir noch eins?" Das angedeutete Fragezeichen hinter ‚eins' war wohl rhetorisch gemeint. Ohne mein Einverständnis abzuwarten, signalisiert er mit erhobenem, leerem Glas seinen Wunsch zum Tresen.

„Sie wollen meine Geschichte vermarkten. Wer weiß, vielleicht ist sie viel mehr wert. Versuchen Sie, mich zu übervorteilen?", fragt er, nicht vorwurfsvoll, sondern ruhig, sachlich, wie unbeteiligt. Vielleicht ist er es gewohnt, übers Ohr gehauen zu werden.

„Erzählen Sie mir die Geschichte ihres Mantels, bitte", versuche ich bei meinem Thema zu bleiben. „Ah, der Mantel ist es", stellt er sachlich fest. „War das eine Anzahlung? Wollen Sie ihn mir abkaufen?", spottet er.

Wenn er direkt ist, kann ich es auch sein: „Ihr Mantel riecht nach Geld, was Sie offensichtlich nicht oder nicht mehr haben." Meine Vermutung, dass sein Mantel nicht nur nach Geld riecht, sondern übel riechen könnte, hat sich, wo wir auf Tuchfühlung nebeneinander sitzen, nicht bewahrheitet. Der Herr und seine Kledage sind geruchsneutral.

„Der Mantel – lassen Sie mir Zeit", er neigt seinen Kopf etwas zur Seite, schaut zur Decke hoch, legt die rechte Hand ans Mantelrevers, inszeniert Nachdenklichkeit. „Er könnte eine milde Gabe christlicher Fürsorge sein, – oder ein Familienerbstück? Hat ihn mir mein Onkel, Onkel Hubert, der Großindustrielle, oder Onkel Maximilian, der angeheiratete Erzherzog, vererbt? Nein, jetzt fällt es mir ein, ich habe ihn mir in Hongkong während einer Asienkreuzfahrt maßschneidern lassen." „Und welche Rolle passt Ihnen am besten? Die des Erben, des

171

Weltenbummlers mit dicker Brieftasche oder die des Hilfsbedürftigen?" Er zieht die Stirn in Falten: „Von jedem etwas? Sagen Sie's mir!"

Langsam komme ich mir wie ein Marathonläufer vor, der schon bei Kilometer drei ahnt, dass ihm die Luft ausgehen wird, dass er spätesten auf halber Strecke auf der Stelle treten wird. Ich wage es noch direkter: „Sie sind nicht immer ein Sozialfall gewesen, da bin ich mir inzwischen sicher. Was ist passiert?" „Sozialfall ...", käut er wider. „Können Sie sich vorstellen, dass ich das nicht sein möchte?", spricht er zu sich, denkt er mit leiser Stimme laut, um mit gewohnter Stimme fortzufahren: „Ich bin reich geboren, im Überfluss aufgewachsen, nach Strich und Faden verwöhnt worden. Dazugelernt habe ich nichts und alles verprasst!"

Er schaut mir mit seinem unterkühlten Husky Blick in die Augen: „Rauchen Sie?" Ich verneine pantomimisch. „Schade, ich hätte jetzt gerne eine geraucht." Ich zeige zum Zigarettenautomaten, angele mein Portemonnaie aus der Hosentasche, um ihm Geld zu geben. Er winkt ab: „Eine, ja, eine Schachtel, nein. Könnte mich wieder daran gewöhnen und hätte dann Probleme mit dem wieder Abgewöhnen. Das will ich nicht schon wieder. Apropos abgewöhnen. Ich habe mein Vermögen natürlich nicht einfach verprasst, ich habe es verhurt und versoffen und ihm mit den Entziehungskuren den Rest gegeben – besser gesagt, genommen." „Sie sind immer noch nicht trocken!" Ich denke an den Cognac und zeige auf sein drittes Bier. „Vielleicht hat mich ja eine unmögliche Liebe zu einer unmöglichen Frau ruiniert. Die kombiniert mit Spielsucht ging ins Geld. Wissen Sie, dass ich in Monte Carlo Hausverbot habe?

Was erzähle ich denn? Meine erste Millionen habe ich mit EDV-Programmen für Großrechenanlagen sauer verdient, die weiteren mit Soft- und Hardware en gros. Erben war nicht drin, meine Eltern hatten ihre mickrige Landwirtschaft kriegsbedingt im Osten gelassen. Ich musste von klein auf sparen.

Das mit meiner Informatiker Karriere, war frei erfunden, gebe ich zu", er schaut auf seine Hände: „Pianisten Hände! Eigentlich müssten Sie mich noch kennen trotz des Altersunterschieds. Ich war – bei aller Bescheidenheit – eine Berühmtheit. Ich habe gespielt, wo immer ein Virtuose gesucht wurde.

Eigentlich aber hatte ich keine Lust auf Schule, Lehre oder Universität und Karriere. Ich bin aus Faulheit mit Begeisterung Penner geworden und es mein Leben lang geblieben. Einmal Huckleberry Finn – immer Huckleberry Finn, Clochard aus Leidenschaft." Er lacht ton- und freudlos und erzählt seine Geschichten in allen erdenklichen aber widersprüchlichen Varianten.

Nach seinem inzwischen siebten Bier – ich habe noch mein zweites halbvoll und schal vor mir – entschuldigt er sich und schleicht in Richtung der Toiletten aus dem Schankraum. Ich resümiere unser Gespräch und stelle fest, ich komme nicht vom Fleck. Während ich frustriert über diesen oder jenen Strategiewechsel nachdenke, mich frage, ob das überhaupt noch Sinn macht, fällt mir auf, dass er schon lange fort ist. Ob ich ihm nachgehen sollte? Es könnte ihm etwas zugestoßen sein.

Die Wirtin oder Bedienerin ist an unseren Tisch herangetreten. Hat er sich noch ein Bier bestellt? Sie präsentiert mir die Rechnung, die ich nicht erinnere, verlangt zu haben. Ich schaue sie indigniert an. „Herr W… ist gegangen." Sie nennt einen geschichtsträchtigen Namen allerdings ohne Adelsprädikat, ohne „Von" und Aber.

Misslaunig

Bei 805 Millionen Menschen, die hungern, ist es unbegreiflich, dass in unseren überladenen Supermärkten Leute mit Gesichtern herumlaufen als seien sie zur Galeere verurteilt – lebenslang.

Das Buchstabenmonopol

Meine Entdeckung, deren Enthüllung mich vor keinen geringen Gewissenskonflikt stellt, verdanke ich einem meiner zufälligen Jobs. Als Gelegenheitsarbeiter verkaufte ich mich für eine unerhebliche Summe an das Kultusministerium. Hier spielte ich den unauffälligen Boten für aufrechte Ministerialbeamte, deren eisgraues Haar ihnen verbot, von mir Notiz zu nehmen. Und eines Tages war der weitaus respektablere Geheimaktenbote krank, und das Amt fiel zu meinem unermesslichen Staunen auf meine durchaus unwürdige Person.

Unter den Akten in den Panzerschränken, viertes Kellergeschoß gleich rechts durch die fünfzöllige Stahltüre, mit dem Stempeln „geheim", „streng geheim", „Staatsgeheimnis Stufe I bis V", „Oberstaatsgeheimnis", „geheimstes Geheimstaatsgeheimnis" fand ich nach Wochen, in denen ich meine Schüchternheit und Ehrfurcht auf ein erträgliches Maß abgebaut hatte, ein denkwürdiges Schriftstück!

Noch heute, drei Jahre, zwei Monate und dreizehn Tage danach, stockt mir der Atem, weigern sich meine Finger das damals Gesehene niederzuschreiben. Ich bin mir völlig bewusst, dass ich mit der Niederlegung meines unverdienten Amtes – ungestüme Jugend gaukelte mir eine wichtigere Berufung vor, ein Fehler, aus dem ich zu lernen gedenke – dass ich auch nach meiner Kündigung zum Stillschweigen, zum strengsten Geheimstillschweigen verpflichtet bin. Aber ich bin bereit, jede Strafe, und sollte es eine extra wieder eingeführte Todesstrafe sein, zu akzeptieren!

Die vormals mit einhundert und elf Siegeln bewährte Akte, die ich aufgebrochen fand, ließ meiner Neugierde keine Ruhe mehr. Beschäftigte sich nach einem Vorwort über Geheimhaltung im allgemeinen und im besonderen – damals wurde ich von Wort zu Wort ein immer abgefeimterer Schurke, ein Kapitalverbrecher – mit

Herrn Professor Doktor Eugen, Michael, Maria Widerstett.

Nun, da der Name heraus ist, da er in schwacher, zittriger Schrift halb versteckt zwischen den eigentlichen Zeilen steht, gibt es kein Zurück mehr, wird es mir wohler, fühle ich mich entschlossener. Ich fühle mich immun, mir kann nichts Schlimmeres mehr geschehen.

Täglich las ich ein, zwei, mitunter sogar drei Abschnitte des geheimsten Dokuments und erfuhr bald, wo der Herr Professor wohnte. Nach schlaflosen Wochen suchte ich ihn endlich auf. Der Herr Professor, alt, grau, mit dem Ansatz eines Buckels öffnete mir höchstpersönlich. „Ja, ja, die Zeiten sind schlecht, ich habe kein Personal", entschuldigte er sich mit zahnlosem Mund. In der Bibliothek, staubige Bücherstapel vor überladenen Regalen und Schränken, fragte er mich nach meinem Anliegen.

„Herr Professor, Sie, … verzeihen Sie, ich kann es noch nicht glauben, ich …" „Bitte?" „Sie sind im Besitz des Monopols für den Gebrauch von Buchstaben in des Wortes ursprünglicher Bedeutung?" Den Satz hatte ich aus den Akten. „Sie sind im Bilde", stellte er fest. Und dann, obwohl er doch um die Geheimhaltung der Angelegenheit wusste und in mir alles nur nicht gerade einen Journalisten vermuten konnte, keimte Misstrauen in ihm auf. Ich musste ihm bei meiner Ehre und seinem spärlichen Leben schwören, nichts von unserer Unterhaltung an die Öffentlichkeit dringen zu lassen, so lange er noch lebte. Diesem Wunsch, der mir nicht nur wegen der Hochachtung vor ihm zu einer Verpflichtung geworden ist, habe ich entsprochen. Vorgestern erfuhr ich rein zufällig von seinem Ableben.

Bei meinem ersten Besuch bat ich ihn, mir zu erklären, wie es zu dem Monopol gekommen sei. Nach vielem Bitten und einigen Schmeicheleien, denen er mit gemimter Bescheidenheit zugänglich war, ließ er sich erweichen. „In den dreißiger Jahren des zwanzigsten Jahrhunderts sah sich die damalige Regierung gezwungen, den Gebrauch von Buchstaben zu kontrollieren. Damals verfügte ich als Professor für altrussische, orientalische, slawische, germanische und etliche andere Sprachen über die größte Anzahl von Buchstaben in der Welt. Es waren sehr gute und gediegene darunter.

Eines Tages, ich kann eigentlich nicht sagen, wie es kam, hatte mir die Regierung das Monopol zugesprochen, auf Lebenszeit. Meine nicht ganz vollständige chinesische Sammlung von Schriftzeichen ließ sich die Regierung für den Eigengebrauch reservieren. Die slawischen wurden für zu eckig und somit für dekadent befunden und als unarisch verboten. Orientalische wollte ohnehin niemand.

Von den Lateinischen wurde mir das Gros zur Konservierung überlassen, der Rest, vor allem aus juristischen Kommentaren, erwies sich für den täglichen Gebrauch als ausreichend. Anfangs war mir noch ein Verleih in begrenztem Umfang an Dichter, handverlesene Journalisten, rare Schöngeister gestattet, doch die Nachfrage ließ bald erheblich zu wünschen übrig.

Als die damalige Regierung abgetreten war, Sie kennen sicher die geschichtlichen Ereignisse, weilte ich gerade in Südamerika, um mir dort für den Privatgebrauch einige Exemplare aztekischer Hieroglyphen zu sichern. Ich wurde dann auch noch krank, so dass ich erst sehr spät hierher zurückkehrte. Ich musste feststellen, dass eine nicht geringe Anzahl der von mir gehüteten Buchstaben auf dem schwarzen Markt zu hohen Preisen, die offensichtlich gern gezahlt wurden, ihr Unwesen trieben. Aber nicht nur deshalb entschloss ich mich, der neuen Regierung anzubieten, das Monopol aufzuheben.

In einem Schreiben versicherten mir die zuständigen Herren, dass das Schwarzmarktgeschäft bald zum Erliegen käme, dass man sich dann auf die althergebrachten Buchstaben besänne und keine weiteren benötige. Die Regierung selbst könne es sich bei der noch angespannten Wirtschaftslage kaum leisten, ihre Beamten auf Kurse zur Erlernung des uneingeschränkten Buchstabengebrauches zu schicken. Sie bäten mich, mein Monopol weiter zu verwalten. Sie könnten mir garantieren, dass der ungesetzliche Gebrauch bald verboten werde. Das Schreiben stammte vom 15.06.1972.

Und sehen Sie", meinte der Herr Professor abschließend, „die paar frei zugänglichen Buchstaben tun ihre Pflicht wie damals in den dreißiger Jahren."

Banane

„Ich habe meine tägliche Banane grade gegessen!"
„Kann man das?"

Traum eines Geschäftsführers

Martin von Quereck war Geschäftsführer einer Rehabilitationsklinik. Von Rehabilitation und Medizin wusste er herzlich wenig, nicht mehr als andere Laien – oder Opfer – auch. Er war Betriebswirtschaftler mit beschränkten Einblicken in die Volkswirtschaftslehre. Das hatte genügt, um den einst staatlichen Laden aus seinem Dornröschenschlaf zu wecken, den Herrschaften Doktores mit Vergnügen Privilegien zu streichen, Leistungsstandards zu definieren, emotionslos überflüssiges Personal freizusetzen, windige Strukturen effizient zu optimieren, Qualität zu generieren und peu à peu Profite zu maximieren. Im Kreise seiner brüderlichen Burschenschaftler bezeichnete er sich gern als „Chicago-Boy"[19].

Herr von Quereck war erfolgreich. Er fuhr einen Wagen, den sich in dem verschlafenen Luftkur- und Heilbad am Fuße eines Mittelgebirges sonst nur der Direktor und Eigner der größten Möbelfabrik vor Ort hätte leisten können, wenn der nicht, familienbedingt, mit einem Porsche Cayenne hätte Vorlieb nehmen müssen. Die Gattin

---

[19] Wikipedia: Die Chicago Boys sind eine Gruppe chilenischer Wirtschaftswissenschaftler, die von 1956 bis 1970 größtenteils an der University of Chicago studiert haben und die von den Ideen Friedrich August von Hayeks und Milton Friedmans inspiriert waren. Sie wurden in Chile unter der Herrschaft Augusto Pinochets wirtschafts- und sozialpolitisch sehr einflussreich. Diese Ökonomen waren von der Überlegenheit freier Märkte überzeugt, die sie durch Privatisierungs- und Deregulierungsmaßnahmen zu realisieren suchten.

des Herrn von Quereck nannte außerdem ein schmuckschnittiges Cabriolet ihr Eigen.

Herr von Quereck war sportlich und hatte lange Zeit mit einem Reitpferd der gehobenen, der Luxusklasse geliebäugelt, sich dann aber – als ehemals eingefleischter Junggeselle überraschend – für ein Model entschieden. Das machte als Ehefrau mehr her als so ein Gaul, selbst wenn es sich dabei um einen Trakehner oder Araber handeln sollte. So ein Model-Eheweibchen machte den jährlichen „Ball des Kurgastes" im Sommer, den Adventsund Oster- oder Frühlingsball zum persönlichen Erfolgserlebnis. Auch bei irgendwelchen Anlässen in der nahe gelegenen Kreisstadt, selbst im selten besuchten Theater oder in der nur ein-, zweimal von innen gesehenen Oper der weiter entfernten Landeshauptstadt ließ sich mit Model-Madame Furore machen.

Der Schönheit wegen ging seine Frau früh schlafen, meist ging er mit. Nun lag Herr von Quereck im ehelichen Kingsize-Bett und döste vor sich hin: Nach einem teils erfolgreichen – er hatte einen langwierigen Arbeitsprozess gewonnen – teils langweilig routinierten, frustrierenden Arbeitstag; nach einem Abendessen auf der Terrasse vor dem Swimmingpool und einer Zigarre am Kamin – es war dann doch trotz der Wärmestrahler draußen zu kalt geworden –; nach einem etwas langweiligen, nur halbwegs befriedigenden, vom Model pflichtschuldig ertragenen Beischlaf.

Die Anschluss-Heilbehandlungen waren sein Job, ein personalintensives Geschäft, eine Dienstleistung, Dienst am Kunden. Kunden und Personal – das waren die Stellschrauben. Anders als bei „Haus und Hof" war da noch was zu drehen. Ein Bild flatterte flüchtig vor seinem halb wachen, halb träumenden geistigen Auge auf – er, mit einem riesigen Schraubenzieher bewaffnet, nähert sich einem Tresor wie ein lanzenbewehrter Ritter seinem Gegner.

Das Sanatorium war Dank williger aber keineswegs selbstloser Investoren von Grund auf saniert, modernisiert, trendig ökologisiert worden. Ein Anbau, der die Kapazität des traditionsreichen Haupthauses um gut das Dreifache erhöhte, war geschickt in das Ensemble von Park, Fontäne und Gebäuden eingepasst, wirkte trotz seiner Ausmaße irgendwie elegant, luftig, transparent, fast zierlich, jedenfalls modern und harmonierte trotzdem mit dem Altbau. Wie er das so traumhaft frei schwebend aus der Vogelperspektive betrachtete, war er zufrieden.

Die Inneneinrichtung unterschied sich seit Jahren nicht vom Standard eines drei- für Kassen- und eines fünf-Sterne-Hotels für Privatpatienten. Die Architekten, Innen- wie Außen-, und er hatten gut zusammen gearbeitet. Um der Wahrheit die Ehre zu geben: Er hatte sie gut koordiniert und ihnen immer wieder klar gemacht, wo es langging. Dass er plötzlich eine Reitpeitsche in seiner Hand sah, war ihm traumwandlerisch selbstverständlich.

Die Bewirtung hatte ein Caterer übernommen, weil der unbedingt hatte ins Geschäft kommen wollen. Das hatte ihm, dem Caterer, Dank der geschickten Verhandlungsführung des Herrn von Quereck einen Knebelvertrag eingebracht, der dafür sorgte, dass Speisen und Getränke trotz erbärmlich niedriger Preise ein anständiges, gehobenes Niveau hielten und perfekt serviert wurden.

Für Sauberkeit und Hygiene, frisches Bettzeug alle zwei Tage und täglich blütenweiße Tischwäsche hatte der Geschäftsführer eine ortsansässige Wäscherei und Reinigungsfirma verpflichtet. Bei Gelegenheit versicherte der geschäftsführende Herr von Quereck der Firma, sie müsse sich schon „ins Zeug legen", um nicht ihren einzigen Großkunden zu verlieren.

Beide, Caterer und Wäscherei, verzichteten seit Jahren auf nennenswerte Gewinne, obwohl beide Personal beschäftigten, das von einem, gesetzlich inzwischen garantiertem Mindestlohn nur träumen konnte. Befremdet sah sich Herr von Quereck im Nachthemd mit einer Sammelbüchse durchs Städtchen schleichen.

Herrn von Querecks in Seminaren und durch Coaching optimierte Marketingstrategien hatten dafür gesorgt, dass der Neubau mit seiner überbordenden Bettenkapazität innerhalb kürzester Zeit zu rentierlichen 65 Prozent ausgelastet war. Inzwischen erfreute sich das Sanatorium, Alt- und Neubau gleichermaßen, einer durchschnittlichen Auslastung von gut 94%. Abbrüche und kurzfristige Absagen waren zwar zu minimieren aber nie völlig zu vermeiden gewesen. Besonders stolz war Herr von Quereck, dass sein Sanatorium im weiten Umkreis das einzige mit nennenswerten Wartezeiten war.

Manchmal fragte sich Herrn von Quereck, wie er das geschafft habe. Selbst jetzt im Selbstgespräch konnte er bescheiden tun, sich zieren und sich erst einmal die Antwort schuldig bleiben. Aber er war hartnäckig, ließ sich das nicht durchgehen und holte zu einem weitschweifigen Vortrag aus, in dem er selbst – wie bei solchen Gelegenheiten üblich – die dominierende Hauptrolle spielte. Wie geschickt er war! Wie genial seine Imagekampanien! …seine[20] Werbesprüche und -prospekte! …sein Auftreten bei den Leistungsträgern, den Krankenkassen, insbesondere den privaten, und den Rentenversicherungen! Er erlebte szenisch nach, was für ein Kerl er doch war und hatte seine Freude daran.

Trotz aller Erfolge bei der Auslastung der Kapazität seines Hauses war ihm bewusst, dass die Stellschraube „Kunden" ständig nachjustiert werden musste. Die zahlten ja nicht selbst, die ließen ihre Leistungsträger zahlen. Und was denen finanziell möglich, was politisch wünschenswert, opportun, trendig war, hing von Gesetzen, der Konjunktur, dem Zeitgeist, von der Laune des jeweiligen Chefs oder dem Ehrgeiz eines Sachbearbeiters, vermutlich – war Herr von Quereck scherzhaft versucht zu denken – sogar vom Wetter ab.

All dies ging dem sich selbst beglückenden Herrn von Quereck durch den Kopf, wie er neben seiner schlummernden Barbiepuppe im Bette lag und sich mit mäßigem

---

[20] … von ihm in Auftrag gegebenen …

Genuss aber durchaus zufrieden den erschlafften Penis streichelte.

Die Stellschraube „Personal" schwebte in changierenden Farben glitzernd – von hoffnungsvoll grün bis Gefahr signalisierend rot – ins Gesichtsfeld des Herrn von Quereck. Da müsste sich etwas machen lassen! Die Anwendungen, Ergotherapie, Physiotherapie, das Bewegungsbad insbesondere für Einzelpersonen – die gingen ins Geld!

Er könnte doch den anwendungsfreien Tag vor der Entlassung auf zwei, drei Tage ausdehnen. Die Patienten hätten mehr Zeit, sich auf ihr Alltagsleben daheim vorzubereiten. Ein Gutachten und in dessen Folge ein in allen Instanzen bestätigtes Gerichtsurteil hatte in aberwitzig kurzer Zeit festgestellt, dass der abrupte Abbruch der Anwendungen beim Heilverfahrensende schädlich sein kann, dass es eines Karenztages bedürfe.

Zu seiner Freude fand er, ohne lange suchen zu müssen, einen renommierten Juristen, der ihm beipflichtete. Eine mindestens dreitägige Erholung von den strapaziösen Anwendungen sei im Interesse der Patienten. So konnte Herr von Quereck guten Gewissens einen Ergotherapeuten und zwei Physiotherapeutinnen entlassen.

Und noch ein Geistesblitz schlug bei ihm ein. Was am Ende heilsam ist, kann auch am Anfang einer Heilbehandlung nicht schädlich sein. Drei Tage Eingewöhnungszeit, war seine Idee! Und wieder konnte er, gelobt seien seine arbeitgeberfreundlichen Arbeitsverträge, therapeutisches Personal kurzfristig ohne Abfindungen entlassen.

Bei den nächsten Kostensatzverhandlungen musste er nicht, wie üblich, zäh für eine Erhöhung der Tagespauschalen kämpfen, sondern konnte von sich aus eine moderate Senkung derselben anbieten. Das brachte ihm die Wahl zum „Gesundheitsmanager des Jahres" ein. Er bewunderte sein Konterfei auf den Titelseiten einiger regionaler Tageszeitungen sowie in zwei Magazinen, sah sich zukünftig in Talkshows brillieren und mit dem Bundesverdienstkreuz dekoriert. Ihm war, als wandle er auf Wolken.

Ganz besonders stolz war er auf seinen nächsten Clou. Er rekrutierte, merkwürdiger Weise in einem Schwimmbad, einen trotz bunter Badehose Respekt einflößenden, weißhaarigen Chefarzt; ... einen hoch gelobten, berühmten Spezialisten; ... einen Professor, Doktor, Doktor, dessen Nimbus ungebrochen war, dessen Spannkraft und Kompetenz allerdings schon etwas gelitten hatten (weshalb Herr von Quereck ihn billiger als marktüblich bekam).

Der ersetzte spielend drei Assistenzärzte, denn ihm glaubten die Patienten aufs Wort, was die Assistenzärzte wiederholen und wiederholen und wiederholen mussten. Außerdem machte der Herr Professor weitere Physiotherapeuten überflüssig, indem er Bewegungsbäder vorwiegend für Gruppen verordnete; Physiotherapie war ihm, dem Herrn der alten Schule, suspekt. Und Preisträger der begehrten Auszeichnung der „Gesellschaft für radikale Rationierung und maximale Betriebsorganisation" hieß in diesem Jahr: Herr von Quereck!

Zeit, seine Triumphe zu genießen und sich feiern zu lassen, blieb ihm zu seinem Bedauern nicht. Er fand sich unversehens auf einer blumenübersäten, bunten Wiese unter einem blühenden – wie ihm schien – Kirschbaum wieder. Auf einem Findling stand in vergoldeten Lettern:

„Dem Pionier des Anschlussheilverfahrens
mit
zehntägiger Eingewöhnungs- und
zehntägiger Entwöhnungsphase,
dem
Kreator der eintägigen Kur-Anwendungen:
Dr. h.c. Martin von Quereck!"

Bevor er sich über den verstaubten, politisch unkorrekten Begriff „Kur" echauffieren konnte, kam ihm durchs hohe Gras eine schwarzhaarige Schönheit, seinem Eheweibchen nicht unähnlich, entgegen und überreichte ihm ein dickes DIN-A4-Kouvert. Darin fand er einen Scheck über 100.000,00 (einhunderttausend) Euro, ausgestellt von den Sozialverbänden der Bundesrepublik Deutschland für Verdienste im Sozialversicherungswesen.

Als nächstes zog er eine schier endlos lange Liste hervor, eine Petition von Patienten seines Sanatoriums, die ihn mit ihren Unterschriften der fortgesetzt unterlassenen

Hilfeleistung beschuldigten. Darauf fußte das letzte Dokument in dem Umschlag: Seine fristlose Entlassung.

Die traf ihn wie ein Schwall Eiswasser aus einem Saunakübel. Er schreckte hoch, schlug um sich und traf das makellose, weil nachts ungeschminkte Gesicht seiner friedlich schlafenden Gattin. Zu Tode erschreckt und wütend stieß sie ihm den Ellenbogen unsanft in die Rippen, so dass er vollends wach wurde. Er konnte sein Glück nicht fassen: Es war ein Traum, ein Alptraum gewesen!

Frohen Mutes machte er sich trotz des Gezeters seiner Holden, die ihr aufblühendes Veilchen mit einem Eisbeutel zu bändigen hoffte, ein ökologisch gesundes Frühstück, aß mit Appetit, ging ins Bad, duschte sich, zog sich an – taubenblauer Maßanzug, weißes Designerhemd, dunkelblaue Krawatte – und wurde beim Verlassen seiner pompösen Villa verhaftet: „… dringender Verdacht auf Veruntreuung von Klinikgeldern in Millionenhöhe …", wurde ihm vorgeworfen.

Das Leasing eines Models kommt mitunter teuer zu stehen.

Sehfehler

„Siehst du mich doppelt?"
„Ich bin doch nicht betrunken!"
„Ich dachte, weil – ich steh heute neben mir!"

Die Drehtüre

Und es kam die Zeit, da der Himmel renoviert werden musste. Die römischen und gotischen Gewölbe wichen luftigen Konstruktionen aus Glas und Stahl und Kunststoffen. Die etwas feuchten, grauen Wolkenbänke wurden weggepustet und durch farbenfrohe Schaumstoffkissen ersetzt. Unmusikalischen Seelen gab man kleine Tonbandgeräte, auf dass auch ihr Hosianna den Herren nicht länger kränke. Selbst in der Kleidung passte sich der Himmel den Seelen des einundzwanzigsten Jahrhunderts an. Anstelle der Togen trug man einfach Hemd oder Bluse und Rock oder Hose. Schließlich wurde auch Petrus bedacht. Er selbst wollte zwar, konservativ wie immer, sein Eichentor behalten, gewöhnte sich aber bald an die neue gläserne Drehtüre.

Nicht lang danach starben auf der Erde zur gleichen Zeit, am gleichen Tag, zur gleichen Stunde, in der gleichen Minute, Sekunde, ja im selben Augenblick ein rechtgläubiger Katholik und ein nicht minder strenggläubiger Protestant. Beide traten ihre Wanderung zum Himmel gleichzeitig an. Gleichzeitig erreichten sie die breite, goldene Himmelsstiege. Der Katholik, den Protestanten von fern als solchen erkennend, hielt sich möglichst weit rechts. Der Protestant wahrte nicht minder überzeugt Abstand, indem er am linken Rand balancierend aufwärts strebte. So kamen sie an die Pforte des Himmels. Der Katholik wollte auf der rechten, der Protestant auf der linken Seite hinein. Und zwischen den Seelen stand unbeweglich die Achse der Drehtüre.

Da nun beide gleich gut, gleich rechtschaffen, gleich rein, gleich selig waren, drückten auch beide gleich stark. Die Drehtüre konnte weder den einen noch den anderen hineinlassen und nachgeben konnte auch keiner von beiden, denn beide waren gleich überzeugt.

Als sich nun hinter den beiden die Himmelsleiter langsam füllte, blieb dem Himmel nichts anderes übrig, als für Mohammedaner, Buddhisten, Juden und Heiden, Sektierer und sogar für einige Atheisten und einige Katholiken wie auch Protestanten ein Loch in die neue Himmelsmauer zu schlagen.

Der rechtgläubige Katholik und der ebenso rechtgläubige Protestant aber blockieren noch heute die gläserne Drehtüre.

Gefühle
Bauchgefühle sind das, was man früher Gefühle nannte – ganz ohne Bauch.
Und Kopfgefühle sind Kopfschmerzen.

Die Genaralstabskartenlandschaft

Ein Fest wurde gefeiert, ein Empfang war gegeben worden. Fräcke, Abendroben. Prominenz! High Society! Viel Schmuck, viele Worte. Herr Kriegsminister hatte zum Dinner gebeten –Austern, Kaviar, Hummer, Champagner. Die Festrede war gesprochen worden: „... zur Stärkung ... zur Verteidigung ... kurz, zum Frieden!"

Der Herr Kriegsminister war sehr stolz. Die Damen ergingen sich im illuminierten Garten, sprachen von Mode, dem amerikanischen Gesandten – spanischer Abkunft, versteht sich – sprachen von Literatur, Musik, teilweise sogar von Kunst, redeten viel, sagten nur wenig.

Für die Herren hatte der Herr Kriegsminister ein erbaulich geistvolles Zwischenspiel arrangiert. Man traf sich im Keller der Residenz. Der Keller war groß und bestand fast zur Gänze aus einem einzigen Saal. Dem Eingang gegenüber hing an der hellgrün gestrichenen Wand eine handgestickte Generalstabskarte. Auf einem riesengroßen Tisch war naturgetreu mit Dörfern und Städten, Bergen und Flüssen und mit Eisenbahnlinien die Generalstabskartenlandschaft nachgebildet. Eisenbahnlinien waren freilich das Wichtigste.

Der Herr Kriegsminister schaltete die Deckenbeleuchtung aus und mit einem Druck auf die Haupttaste der Kommandokonsole die Straßenbeleuchtungen in den Städtchen und Dörfchen, die Lichter der Häuser und die der Züge ein. Die Herren standen bewundernd rund um den Tisch, die Hände auf dem Rücken verschränkt, um nicht der Versuchung zu unterliegen, einen der vielen Signal-, Weichen-, oder Transformatorenknöpfe zu drücken. Der Herr Kriegsminister ließ die Züge anfahren und nach genau bemessenen Fahrplänen die vielen Kreise und Tunnel und Brücken und Bahnhöfe passieren.

Um Punkt zehn schlugen die Glöckchen der Dome und die der Dorfkirchlein. Die Herren verharrten in schweigendem Neid. Die Miene des Herrn Kriegsministers spiegelte eitle Freude. Zehn Minuten liefen die Züge schon, hielten an Stationen oder Signalen, fuhren über Weichen und Kreuzungen, und immer noch war alles in bester Ordnung. Kein Unfall, keine Verspätung. Der Herr Kriegsminister lächelte stolz.

Gerade wollten ihn die Herren nach Art, Kosten und Kaufmöglichkeiten der Anlage fragen, als der Herr Kriegsminister, der genau gewusst hatte, dass sie sich nach elf ein viertel Minuten gefasst haben würden, mit erhobener Hand den erwarteten Fragen Einhalt gebot. Er schaute den Herren einzeln und ernst in die Augen – den Generälen, den Ministern, den Gesandten, den Herren Staatssekretären, den Vertretern der Hochfinanz und des Industrieadels. Er fuhr sich langsam mit der Zungenspitze über die Oberlippe, wie es seine Art bei schwierigen Fragen der Opposition war. Dann drehte er sich um und schritt zur Tür, neben der sich ein Klingelknopf befand, und drückte diesen kurz und mit entschlossenem Ruck. Er wandte sich wieder dem riesigen Tisch zu, die Augen in unergründliche Fernen gerichtet, und wartete mit gespannt überlegendem Ausdruck im Blick.

Die eichene Tür schwang auf. Herein trat ein Diener in geschmackvoll unauffälliger Livree. Auf dem ausgestreckten Arm balancierte er ein silbernes Tablett, auf dem Tablett lag ein seidenes, rotes Kissen, auf dem Kissen ein Stein – ein Mauerstein. Der Diener schritt auf den Herrn Kriegsminister zu, verbeugte sich tief und bot das Tablett dem Herrn Kriegsminister dar.

Als der Herr Kriegsminister den Diener bemerkte, lächelte er überlegen. Er streifte den Ärmel des Fracks etwas zurück, griff nach dem Stein und verharrte – ergriffen – bevor er den Stein ergriff.

Er schaute ernst den einzelnen Herren in die Augen – den Generälen, den Ministern, den Gesandten, den Herren Staatssekretären, den Vertretern der Hochfinanz und des Industrieadels. Dann schlossen sich zeremoniell langsam die Finger seiner rechten Hand um den Backstein. Die Herren wagten nicht zu atmen. Der Stein hob sich. Der Herr Kriegsminister schleuderte ihn entschlossen mitten in die Generalstabskartenlandschaft.

Da freuten sich die Herren, ließen sich Backsteine bringen und machten den Abend zu einem unvergesslichen Ereignis.

Das Ende der Welt

In einer Zeitung las ich, dass die Erdbestattung
am 17.07... stattfinde und die Seebestattung drei Tage später.
Da haben wir es schwarz auf weiß, der Globus ist hin!

Die Stunde nach Mitternacht

Brathähnchen mit Zuckerguss – ein Pferd mit Glasauge und Monokel – und ein graumelierter Herr mit Spazierstock im Nachthemd – natürlich schlägt jetzt eine Turmuhr. Aufpassen! Mitzählen: Boing, boing, boing, boing, boing, boing, boing, bang, bing, bong, bung, beng. Gott sei Dank, dem Uhrmacher auch! Sie hat sich nicht verschlagen. Man bedenke, sie hätte auch dreizehnmal schlagen können oder gar vierundzwanzigmal. Erraten, es ist Geisterstunde.

Ein Esel mit 'ner Ziehharmonika – und Monika mit Zöpfen, ein Straußenei, ein Gugelhupf, und wer bis drei zählt, hat gewonnen. Ich spiele mit der Eisenbahn, ein Hund jault auf dem Dache. Vergiss es nicht, mein Kind, ein Mohr hat schwarze Füße!

Die Tür geht auf, warum auch nicht, sie war ja zu. Ein rechtes Auge öffnet sich: Wer mag es sein, so spät … Es ist auf keinen Fall der mit dem Kind, es ist das Kind und zwar die Tochter mit blondem Haar und schwarzer Maske vor der Nase – vielleicht ist sie erkältet. Das rechte Auge sieht nicht viel, es ist ja dunkel. Das Kind, das schöne, tastet sich herein. Das linke Auge öffnet sich und pliert vereint mit dem rechten Auge nach dem Kind.

Taschenlampe leuchtet auf. Rechtes Auge, linkes Auge fallen zu, nicht ganz, ein Schlitz, getarnt von Haaren, Wimpern bleibt geöffnet. Draußen kräht ein Hahn, er hat sich ebenfalls verspätet. Wie aber kommt ein Hahn dazu, vielleicht noch ausgerechnet der mit Zuckerguss, um Mitternacht zu singen? Na, weil ein blondgelocktes Kind zur selben Zeit bei einem, der im Bett liegt, einbricht und noch dazu mit Taschenlampe.

Das Mädchen ist im Zimmer – mit Taschenlampe. Der Mann ist im Bett, im gleichen Zimmer, mit viertelgeöffneten Augen. Er schnarcht, ein Kunststück, das ihm gerade erst einfiel. Danke für die Momentaufnahme – rührt euch!

Nicht wahr, wie im Film? Eins zu null für Sie, ich glaube auch nicht an die Geschichte. Achtung! Ich habe den Faden verloren. Hören Sie auf zu lesen. Das Mädchen hat eine Taschenlampe. Wenn Sie wollen, auch noch einen Revolver. Das sind Sie gewöhnt, ich weiß, aber sie ist schön. Ich kann Ihnen das verraten, ich kenne sie auch bei Licht. Sie hat blondes Haar, habe ich vorhin gesagt? Das war natürlich frei erfunden. Lesen Sie bitte grün, wenn Sie das schöner finden. Spielfilm, Prädikat „besonders wertvoll", wird gedreht.

Das Mädchen setzt den linken Fuß vor, nein, den rechten – das ist gar nicht leicht, brechen Sie mal ein, und wissen Sie, welchen Fuß Sie als ersten bewegen. Ich wollte nebenbei gar keinen Film drehen. Das Mädchen soll ein Ding drehen, das ist alles. Jetzt dreht sie, aber noch nicht das Ding, sondern ihren Kopf. Sie sieht zum schlafenden Mann – was für ein aufreizender, gieriger Blick! Die Arme weiß nicht, dass der Kerl nicht schläft. Da kann sie aber übel überrascht werden!

Sie geht zum Waschtisch, Vorsicht, ein Stuhl! Keine Angst, sie weckt den Schlafenden nicht, sie hat ja die Taschenlampe. Nur ein Rasierapparat, nicht einmal eine Zahnbürste, die sie gern hätte – ihre Zähne sind makellos weiß – zum Verkaufen, Zahnbürsten gehen gut. Der Rasierapparat, veraltetes Modell, interessiert sie nicht. Sie nimmt die Maske ab, besieht sich im Spiegel. Jetzt, jetzt öffnet sie die kunstlederne Handtasche und holt einen Lippenstift hervor. Kaltblütiges Weib! Die zwei Augen schauen ihr gebannt zu; würden Sie auch tun, das Weib ist schön!

Sie kämmt sich die Haare, sie gähnt. Ihr Blick fällt auf den Stuhl, ausgerechnet auf den Stuhl. Mit einem Satz, geschmeidig, katzengleich, ist sie bei dem Stuhl, direkt neben dem Stuhl. Sie durchwühlt die Taschen der Kleider, die auf dem Stuhl liegen.

„Da ist nichts drin", sagt der Mann. „Danke", sagt sie und wendet sich dem Schreibtisch zu. „Soll ich Licht machen?", fragt der Mann. „Halten Sie mich für dumm?", fragt das Weib. „Nein." „Na, machen Sie die Stehlampe an." „Dann muss ich aufstehen." „Wenn Sie sich rühren, erschieße ich Sie." „Dann müssen Sie eben selbst Licht anmachen." Sie bleibt stehen und überlegt. Der Mann hustet. Warum muss er gerade jetzt husten? Im Vertrauen, mir fiel nichts Besseres ein.

„Ich werde jetzt den Schreibtisch untersuchen." „Nein, bitte nicht, ich habe ihn gestern aufgeräumt!" „Wo ist das Geld?" Ihre Augen funkeln wie Modeschmuck bei

Lampionbeleuchtung. Haben Sie schon mal das Leuchten unechter Perlen bei Lampionbeleuchtung beobachtet? Sehen Sie, Sie haben etwas versäumt. Sie können sich ja gar nicht vorstellen, wie ihre Augen funkeln.

„Ich weiß nicht, wo das Geld ist." Er ist einfach hinreißend in seiner Verwirrung! „Raus mit der Sprache und dem Geld, Bürschchen, sonst knallt's!" Ist das ein Temperament! Ein Kerl von einem Weib! Sie zieht den Colt – blitzschnell! Legt an – gekonnt! Der Mann zaudert, zittert, zögert, zappelt, wackelt mit den Ohren. Sein Glück, dass sie die Bewegung nicht sieht. Er hat seine Ohren wohlweißlich tief im Kissen verborgen. Sie hat den Lichtkegel der Taschenlampe genau auf sein Gesicht gerichtet; den Colt mehr auf die Magengegend. Ihre Miene ist hart, ich weiß das.

Haben Sie schon einmal ein weiches, zartes, gebrechliches, liebliches Mädchengesicht gesehen, ein hübsches, schönes, schmales Gesichtchen mit großen Augen, wenn es ganz hart und entschlossen und energisch wird? Der Mann sieht es, das macht ihn zittern. Der Strahl der Taschenlampe vermag ihn nicht zu blenden. Der Colt kann ihn nicht einschüchtern, ihn nicht, ihn ganz bestimmt nicht! Aber das Gesicht, dieses zu Eis erstarrte Schneegesicht.

„Das Geld ist beim Hausbesitzer, beim Milchmann, Bäcker, Metzger, Schuhmacher, in den Kneipen. Der Rest der Rechnungen liegt auf dem Schreibtisch links!" „Idiot!" „Liebling!" „Hast du sonst noch etwas?" „Meine Uhr!" „Gold?" „Gold!" „Wo?" „An meinem linken Unterschenkel, damit sie mir keiner klaut." „Her damit!" „Das ist unter der Decke. Ich darf mich nicht rühren!" „Klar Kleiner!" Sie greift unter die Decke. „Das ist mein rechter Oberschenkel." „Weiß ich auch, aber vielleicht sitzt da irgendwo deine Brieftasche." Sie wühlt weiter. Das dürfte Ihnen mal passieren! Wie das wohl enden mag?

Sie findet den linken Unterschenkel und auch die Uhr. Gold ist sie nicht, natürlich, der Kerl wollte schließlich wenigstens etwas von seiner gestörten Nachtruhe haben. „Hast du noch Platz?" „Wo?" „Im Bett natürlich." „Weiß nicht." So ein gerissener Kerl. „Ich werde es ausprobieren." Sie reißt sich das Kleid vom Leib! – Sie wollen Details? Soll ich Ihnen ihre Nacktheit schildern, malen mit Vergleichen? Lesen Sie zwischen den Zeilen, ich könnte es Ihnen doch niemals recht machen.

Sie steigt zu ihm ins Bett. Warum auch nicht? Vielleicht ist sie müde. Darf ich Ihnen etwas anvertrauen, ganz unter uns, ganz diskret? Wie ich Monika kenne, ist sie keineswegs müde. Lassen Sie Ihrer Phantasie freien Lauf!

„Bleib bei mir!" „Du bist verrückt. Was würde mein Mann dazu sagen?" „Oh, du bist verheiratet?" „Ja, und mein Mann hat kein Verständnis für mich!" „Das ist seltsam." Monika küsst den Mann. Der Mann küsst Monika. Die Uhr schlägt: Boing! Einfach, boing, das ist alles. „Ich muss gehen." „Schade!" „Ja, sehr schade, mein Mann wartet jetzt auf mich." „Jetzt?" „Er hat eben Pech, seine Geliebte ist mit einem Nachtwächter verheiratet. Um eins muss sie ihm ein warmes Essen bringen." „Dieser Saukerl hält sich eine Geliebte?" „Sei nicht so, die Frau hat es nötig, als Nachtwächter verdient man nicht viel."

„Ich liebe dich!" „Na und? – Ich bin verheiratet!" „Bleib!" „Dann hätte ich wohl viel zu tun, wenn ich bei jedem Kerl in diesem Bau bleiben wollte. Und was soll ich mit den vielen Uhren? Der ganze Flur von Nummer 4 bis 98 hat das verlangt, und im Erdgeschoß war es nicht anders. Nur die Leiche auf Nummer 12 hat verzichtet. Ich will dir mal was sagen, ihr Männer seid ein ganz furchtbar egoistisches Pack!"

Damit steht sie auf, zieht ihre Unterwäsche an. Ich lasse Ihnen eine Zeile frei, damit Sie die Einzelheiten nochmals mitkriegen:

Sie zieht ihre Kleider an, nimmt den Schokoladencolt, isst ihn auf – sie braucht die Stärkung – nimmt die Taschenlampe, isst sie nicht auf, und geht und sagt an der Tür: „Nächstens hast du eine Zahnbürste, du riechst etwas aus dem Mund". Fort ist sie.

Trinkerweisheit

Eine Trinkerweisheit besagt, dass der Weinnacht ein Bierabend vorausgeht – nie umgekehrt!

Karin

Nachher ging ich weg. Und mein Kopf war ganz dicht über der Erde. Mein unrasiertes Kinn streifte über die Pflastersteine, und ihre raue Schale gaukelte mir einen weichen Kern vor, den ich gerne zwischen die Lippen genommen hätte, um ihn zu belecken.

Mit einem kleinen Luftsprung, zu dem ich mich wegen der Trägheit meines Kopfes lange hatte überreden müssen, stieß ich mich vom Bürgersteig ab und landete auf der Straße, fühlte mich wohler, richtete meine hundertfünfundachtzig Zentimeter einzeln auf, was weit weniger Überredungskünste erforderte, als einen Blick vom Bürgersteig zu riskieren.

Neben einem Bürgersteig ist immer eine Straße. Zwischen zwei Bürgersteigen ist immer eine Straße. Und die Straße liegt immer ein paar Zentimeter tiefer als die Bürgersteige, damit das Wasser auf die Straße läuft und in die Gullys in der Straße. Eine richtige Straße hat einen Gully, den sie auch braucht.

Ich lief auf der Straße zickzack, machte eine private Treibjagd auf Rotwild. Halb in einen Gully gerutscht und zwischen dem Eisengitter eingeklemmt, blickte mich eine Kreatur an und hatte rote Lippen und rote Fingernägel. Ihre Hände hatte sie noch auf dem Bürgersteig, versuchte, sich auf die Hände stützend, hinaufzugelangen, wusste nicht, dass sie bereits eingeklemmt war, wollte wohl auch eigentlich nicht auf den Bürgersteig, wusste überhaupt nicht, was sie wollte, sah mich und rief durch den Saal: „He, willst'e mit mir tanzen?" Ich kramte meinen Kopf zwischen den Knien hervor, der dort ruhig vor sich hin gestiert hatte und brüllte ein: „Ja!", zurück.

Sie roch nach Rasierwasser und hatte einen Haselnuss großen Kopf unter einem Fuder Stroh verborgen. Ich kaute geduldig an ihrem Stroh, das so unvermutet in meinem Gesicht gelandet war. Bewegen konnten wir nur die Hüften, die Tanzfläche war voll und die Musik war langsam. Dann gingen wir an die Bar, hockten uns hin, zitterten. Zitterten mit Beinen, Armen und Kopf nach dem Rhythmus ohrenbetäubender Musik. Unsere Münder verschlossen wir mit Whiskygläsern. Und es wurde mir furchtbar langweilig. Ich sah sie an, sah sie zappeln, und sie tat mir leid. Ihr Kinn auf meinem linken Zeigefinger balancierend zwang ich sie, sich in meiner Pupille zu betrachten. Und sie ergriff die Gelegenheit, nutzte die Zeit, um sich Lippen und Augen nach zu streichen. Übrigens besaß sie ein entzückendes rosa Spieglein für die Handtasche.

Ihre Lippen waren weich und etwas seifig, schäumten aber nicht, schmeckten eigentlich nicht unangenehm, doch fehlte ihnen alles, was sie interessant gemacht hätte. Wir tanzten noch einmal und gingen dann. Ich hätte sie gern stehengelassen. Ihre runden Knie, die weit aus dem schwarzen, engen Kleid hervorsahen versprachen nichts, hatten alles verraten – alles versprach, wie ihre Lippen zu sein. Doch ich wollte kein Spielverderber sein, ein Mädchen hat nachts nichts allein auf der Straße zu suchen, deshalb hatte sie mich geangelt.

Und weil sie mich geangelt hatte, nahmen wir den Weg durch den Park. Sie war ganz dicht neben mir. Ich spürte ihren Körper. Und solange ich nicht hinsah, meinte ich, nicht allein zu sein. Und sah ich hin, so sah ich ihr Kleid, einfach geschnitten, hinten mit einem langen Reißverschluss.

Überflüssig so ein Kleid, wenn es einen langen Reißverschluss hat. Der Reißverschluss ist erfunden worden, um die kleinen, nervenaufreibenden Handgriffe zu rationieren. Das durch die Betätigung eines Reißverschlusses entstehende Geräusch, belastet den nervlich angespannten Menschen weit weniger als das mühselige Öffnen unzähliger kleiner Knöpfe.

Das vermutlich metallische Schnurren beim Öffnen des Reißverschlusses, das nicht zu umgehen war, schreckte mich derartig ab, dass ich umkehren wollte, noch bevor wir den Park erreicht hatten. Aber sie hing an mir, den linken Atem rührend hochgereckt, so dass er meine linke Schulter fassen konnte, ihr rechter Arm um meinen Bauch geschlungen. Ihr Kopf weich in seinem Stroh, in der Kuhle zwischen meinem Kopf und meiner Schulter. Sie stolperte dauernd über ihre eigenen Füße, da sie, so verdreht an mir klebend, seitwärts gehen musste. Sie war müde, aber der Park gehörte nun mal zu ihrem Abendprogramm.

Wir fanden eine versteckte Bank, hatten lange suchen müssen, denn sie hatte vor Müdigkeit einige Male die Orientierung verloren, und ich kannte den Park unter dem Gesichtspunkt noch nicht.

Eine Überraschung hatte sie dann doch noch zu bieten, denn nachdem ich eilig, wie man Lebertran schluckt, den Reißverschluss hatte kratzen lassen, stießen meine Finger auf unvorhergesehenen Widerstand beim Öffnen ihres Büstenhalters. Irgendein Trottel hatte Temperament aufbringen können oder hatte es nur eilig gehabt, so zwischen Tür und Angel, oder war einfach blutiger Anfänger gewesen – jedenfalls waren die Ösen für die Haken ausgerissen und die Haken hatten sich verheißungsvoll im Stoff verheddert. Andächtig pulte ich sie los, fand dann das übliche, was immer noch straff und butterweich war.

Die Kälte vertrieb uns dann bald, trieb uns auch in verschiedene Richtungen, und ich wusste nicht einmal ihren Namen.

Fürsorglich

„Lass doch endlich den Teddy!"
„Aber ich schlaf schon immer mit ihm!"
„Trotzdem, leg ihn weg – aber deck ihn bitte gut zu."

204

Rettung + Ehrung

„Alter Mann wollt' baden geh'n, bis zum Bauch im Wasser steh'n. Fischlein trieben Schabernack, bissen alten Mann in … Zeh, oh weh!", sang er. „Es muss sich reimen", entschuldigte er sich, fünfunddreißig Jahre, verheiratet, zwei Kinder und herzkrank seit Geburt, Diagnose: Herzinsuffizienz. Ich bin obszön, dachte er sich, während er sich die Frackschleife band, dem Ernst der Stunde nicht angemessen.

Und dann saß er doch angemessen und steif und gerade und blass in der ersten Reihe und lausche der Laudatio. „… uneigennützig, vorbildlich, … tapfer, rückhaltloser Einsatz …", weihräucherte der Redner. Hatte aber, bei aller Bescheidenheit, recht, so fand er, der Geehrte, der Herzkranke. War er nicht, ohne zu zaudern, ohne zu überlegen gesprungen? Selbstverständlich hatte er an Frau und Kinder gedacht, natürlich hatte er das getan, wie er es gewöhnt war zu tun, aber, um einen Menschen aus den Fluten zu erretten, war ihm der Gedanke an sein Herz fern gewesen.

Und das Herz hatte standgehalten, hatte den Druck beim Fall von der Brücke ausgehalten, hatte den Schreck des eisigen Wassers verkraftet. Die Last des Halbertrunkenen, des zentnerschwer Ohnmächtigen hatte sein Herz fast mühelos auf sich genommen. Sein Herz hatte die goldene Ausführung der dreistufigen Rettungsmedaille verdient, ja, das hatte es, nicht er, sondern das Herz, anders hätte er auch kaum die Ehrung annehmen können.

Er war bescheiden. Ihm war es Selbstverständnis, Bürgerpflicht, Menschlichkeit gewesen, den armen Schlucker zu retten. Der Geehrte lächelte bei dieser so überaus plastischen Bezeichnung des Geretteten.

Eigentlich, so fand er, war die physische Anstrengung bei der Rettung gar nicht so ungeheuer gewesen. Viel ungeheurer war der Schock, der rein psychische Schock – und hier wusste er sich mit nahezu sämtlichen Journalisten der örtlichen und sogar einiger überregionaler Zeitungen einig – der Schock, den ihm dieses Subjekt, dieses nichtswürdige, bereitete, als es sich, kaum wieder bei Bewusstsein, erhängt hatte. Aber auch das hatte er, sein Herz, überstanden, und er überstand auch die Aufregung, als er im Hagel der Blitzlichter die Medaille entgegennahm, überstand auch die drei Sätze seiner nächtelang geschmiedeten Dankesrede.

Der Held der Familie war fast schon wieder schlicht Gatte und Vater mit allen diesen Begriffen innewohnenden Fallstricken, als sein Sohn eine runde sechs in Latein heimbrachte, seinen Vater rot anlaufen sah, zu spät Krankenwagen und Arzt erreichte und mit zwölf Jahren Halbwaise wurde.

Enttäuschung
Klingt schlüpfrig: „Frauenparkplatz."
Stehen auch nur Autos drauf rum!

„Ich bin Angestellter in dem Chemiekonzern", das sagte er so ganz nebenher in der Kneipe beim Bier. Sein Gegenüber hob den Kopf, lauschte den Worten nach und nahm einen tiefen Schluck.

„In dem Chemiekonzern?", fragte er, und seine Stimme schwang nicht mehr länger in jener trägen Gleichgültigkeit, die die Zufallsgespräche in Kneipen vernebelt. „Ja, Angestellter!" Auch er wurde von der Aufmerksamkeit angesteckt und sah auf. „Wissen Sie, so etwas interessiert mich. Ich bin nämlich, ja, man könnte sagen, ich bin vom Fach."

So hatte die Sache angefangen. Nach einigen Gläsern Bier verbrüderten sich dann beide. Der vom Fach stellte sich als Viktor Asenfeld vor, der Angestellte als Charly Schulze. Und gegen Mitternacht ließ Charly Schulze so nebenbei einfließen, er sei Generaldirektor, während Viktor Asenfeld einfacher aber bestimmt genial begabter Chemiker blieb. Um zwei Uhr morgens warf ein Wirt zwei etwa vierzig- bis fünfundvierzigjährige Männer aus seiner Kneipe, die beide nicht nur mit der Vertikalen, sondern auch mit dem Begleichen ihrer beträchtlichen Zeche Schwierigkeiten hatten.

Als sie sich, wie vereinbart und trotz der Promille nicht vergessen, einige Tage später zu ihrer ersten geschäftlichen Besprechung trafen, waren sie jeder für sich vom anderen enttäuscht. Der Generaldirektor sah wie ein

Pförtner aus und war auch so gekleidet; der Chemiker ähnelte nicht einmal einem naturwissenschaftlich orientierten Volksschullehrer, so traurig blinzelte er aus trüben Augen in einem Allerweltsgesicht den Pförtner an. Es dauerte aber nicht lange, da versetzte sie der Abglanz goldener Berge, die sie zu verdienen erwarteten, in eine berauschte Stimmung, die jener ihrer ersten Begegnung glich – inklusive Alkoholvernebelung.

Am Ende der Unterredung hielt Herr Charly Schulze ein Glasröhrchen mit linsenförmigen, moosgrünen Pillen in der Hand, während Herr Viktor Asenfeld die Versicherung erhalten hatte, dass seine Erfindung, Entdeckung und Entwicklung den ihr angemessenen Weg in den Chemiekonzern finden werde.

„Rein faktisch", stellte später der Untersuchungsrichter fest, „stimmt Herrn Asenfelds Annahme." Sie stimmte sogar in jeder Beziehung. Charly Schulze, dreiundvierzig Jahre, verheiratet, zwei Kinder, zwölf und fünfzehn Jahre alt, nicht vorbestraft, brachte am nächst Morgen die Wunderpillen in den Konzern. Dort legte Charly Schulze, Pförtner seit Ende des kalten Krieges, die Pillen in seinen schmalen Spind.

„Was geschah dann?", diese Frage stellte der Untersuchungsrichter immer wieder. Hier überschlugen sich zwar nicht sogleich die später aufsehenerregenden Ereignisse, aber hier lagen verwickelte Tatsachen zu Grunde. Herr Charly Schulze kannte natürlich als langjähriger Pförtner viele der Herren, die den Konzern zuallererst einmal mit weißen Kitteln bevölkerten. An einen dieser Herren wandte er sich. Der Name des Herren ist allgemein bekannt. Schließlich ging sein Name vor kurzem in der Rubrik „gesucht – gefasst – Belohnung" durch die Presse beider Welten, der publizistischen und der steckbrieflichen.

Der Herr war jahrelang in dem Konzern als Chemiker tätig gewesen, hatte eigentlich nie von sich Reden gemacht, hatte aber immerhin für zwei Serien Migränetabletten die Farben entworfen, die nicht unerheblich zu dem Massenumsatz dieser Mittel beigetragen hatten. Der Herr aber – es ist peinlich, so etwas zu sagen, und man muss schon die Fühllosigkeit eines Untersuchungsrichters haben, um zu verkünden: „Der Herr hatte eine dunkle Vergangenheit, war ein durch und durch skrupelloser Hochstapler!"

In der Tat, als echter Sohn seines Volkes war er ein Opfer der deutschen Teilung, denn er war in der DDR geboren worden. Dort nun hatte er sich die Hände binden lassen und zwar mit getürkten Zeugnissen, die ihm ein Chemikertum attestierten, von dem er nach einem staatssicherheitsgeheimen Crashkurs zwar eine blasse Ahnung hatte, aber keineswegs auf Diplomniveau. Dafür allerdings hatte er die Füße freibekommen. Er wurde knapp einen Monat vor dem Fall der Mauer in den Westen nicht abgeschoben sondern eingeschleust.

Spionage ist ein leidiges Geschäft, zumal wenn der Auftraggeber Insolvenz anmelden muss und sich auflöst. Auf der Suche nach einem neuen Brötchengeber fühlte der

Herr geheimdiplomatisch bei den Amerikanern vor. Die winkten ab, wurden schon zu mehr als 120% von der NSA[21] bedient. Also wandte er sich an die Chinesen, das staatssozialistisch etwas mutierte ehemalige Brudervolk seiner inzwischen kapitalisierten Heimat, und wurde mit Kusshand engagiert.

Er wurde – Glück muss man haben – auch eingestellt in der Chemiefabrik des Herrn Charly Schulze. Pech nur, es war eine Laborassistentenstelle in der Produktion ohne Zugangsberechtigung zur Entwicklungsabteilung. Ihm blieb nichts anderes übrig, als seine Auftraggeber hinzuhalten. Das war gar nicht so schwer, denn die Herren im Osten wissen ja schließlich auch, wie lange es dauert, bis etwas entwickelt ist. Unser Herr nun gab an, er entwickele feste mit.

Da lief ihm Charly Schulze mit dem fertigen Produkt über den Weg. Der Herr nahm dankend an, versprach zu untersuchen, teilte drei Wochen später mit, die Pillen taugten nichts, hatte sie aber gar nicht untersucht, sondern die Pillen ins Reich der Mitte geschickt. Besonders frech war, dass er behauptete, die Pillen seien die bekannten „Schmerztod"-Tabletten, die mit überwältigendem Erfolg auf die westlichen Märkte gekommen waren. Er habe sie nur deformiert und umgefärbt – er schien früher einmal Färber gewesen zu sein, wenn man seine sonstigen Erfolge auf dem Gebiet betrachtet.

---

[21] Wikipedia: Die National Security Agency (deutsch Nationale Sicherheitsbehörde), offizielle Abkürzung NSA, ist der größte Auslandsgeheimdienst der Vereinigten Staaten.

Im fernen Osten schlugen die Tabletten auch tatsächlich ein, obwohl die meisten Chinesen ihrer eigenen, traditionsreichen Medizin mehr als der westlichen trauen. Allerdings dürfte die Gemeinde der Prowestler bei 1,4 Milliarden Menschen in die hunderte von Millionen gehen. Und für die ist (fast) alles, was vom Westen kommt, gut. „Gott erhalte ihnen ihren Aberglauben!", pflegte hier der Untersuchungsrichter beschwörend auszurufen.

Ein paar Monate später kam wiederum im Westen eine neue Wunderdroge heraus. Die Schmerztabletten „zeta 19", so genannt – das ist streng vertraulich mitgeteilt – weil der Geheimagent, der die Vorlag zu diesem Mittel im Osten aufgetrieben hatte, sich hinter „zeta 19" verbarg. Das Unwahrscheinliche geschah. „zeta 19" schlug innerhalb weniger Wochen des Westens bislang bestes Mittel, „Schmerztod", tot.

In jener Kneipe, in der sich Herr Viktor Asenfeld und Herr Charly Schulze kennengelernt hatten, saßen seit einiger Zeit beide geschlagenen Helden mit erfreulicher Regelmäßigkeit zwei- bis dreimal in der Woche. Goldene Berge wurden zwischen ihnen hin- und hergeschoben und Bier natürlich auch. Und beide waren an diesen Abenden nicht nur in ihre glücklichen Träume versunken.

An den Folgetagen aber war Herr Viktor Asenfeld von Mal zu Mal unglücklicher. Um es beim Namen zu nennen, er war verkatert. Eines Morgens nun hielt er es gar nicht mehr aus, ging in die nächste Apotheke und kaufte sich ein Röllchen „zeta 19".

Wie erstaunt aber war er, dass das Zeug, entgegen allen in die Welt hinausposaunten Lobeshymnen, nicht wirkte. Wie kopflos wurde er erst, als er eine Analyse anstellte – dann darauf immerhin verstand er sich! Er musste in „zeta 19" die Pillen erkennen, die er selbst entwickelt hatte, um schwangeren Frauen das Aufstoßen zu erleichtern.

Nach seinem verständlichen Protest bei der Polizei und nach seiner und Charly Schulzens erst einmal vorläufiger Festnahme meldete der Polizeibericht an diesem Abend über die Affäre „zeta 19" unter anderem: „… einer der Diplomchemiker des Chemiekonzerns – (hier folgte der Name des Konzerns) – ist seit gestern spurlos verschwunden. Es besteht der dringende Verdacht, dass er in die Affäre verwickelt ist."

Und in Geheimakten war zu lesen: „Der Agent ‚zeta 19' meldet sich nicht mehr. Mit Sicherheit kann angenommen werden, dass ‚zeta 19' mit dem flüchtigen Chemiker identisch ist."

Putin

Ein glatter Putin hat noch jeden Golfer erfreut!

Störung

Im Herbst strich er sich die Haare aus der Stirn, sah durch das spinnenverwebte Oberlicht seines Fensters hinaus und erstaunte ein wenig: Draußen war Herbst und nicht Mai! Tatsächlich, Herbst, Wetter für streunende Hunde und Pelerinen.

Nachdem er eine Zeitlang hinausgesehen hatte, schlug er das Buch zu, das den Haufen von Papier auf seinem Schreibtisch krönte. Bedächtig erhob er sich von dem hölzernen Stuhl und kehrte dem Schreibtisch mit seiner Last den Rücken zu und trat schnell aus dem Schatten gestapelten Wissens. Dann stand er vor dem Spiegel, stutzte einen Augenblick, so als dächte er nach, hob dann aber die Schultern und war einverstanden, sich von allem weiteren überraschen zu lassen.

Auf der Straße pflücke er sich von einem Baum eines der letzten gelben Blätter und steckte es sich in das zweitoberste Knopfloch seines vom Nieselregen vollgesogenen Hemdes. Etwas umständlich und unbeholfen zauberte er ein Lächeln in sein Gesicht und betrat kurz entschlossen eine Parfümerie

„Sie wünschen?" Er sah, immer noch lächelnd, das Mädchen hinter dem Ladentisch an. Das erste, das ihm begegnete. „Ich möchte einen Lippenstift!" „Darf ich Ihnen unsere Kollektion zeigen? Was für eine Farbe soll es denn sein? Dachten Sie an etwas Bestimmtes!" „Ich weiß nicht."

„Ich nehme an, Sie möchten den Stift verschenken. Ist die Dame dunkel, hell, liebt sie etwas Modernes? Ist sie jung oder schon etwas älter?" „Wissen Sie, ich weiß auch das nicht. – Ich wollte den Stift für mich."

Immerhin begreiflich, dass die Verkäuferin einen Augenblick nicht begriff: „Ach so, Sie wollen einen Fettstift für spröde Lippen!" „Nein, ich will einen kirschroten Lippenstift ... vielleicht einen mit Himbeergeschmack?"

Verärgert und keineswegs verkaufsfördernd höflich warf sie ihm den gewünschten Stift auf die Glasplatte. „Danke", sagte er, bezahlte und ging.

In seinem Zimmer kramte er ein Stück weißen Papiers hervor und begann, Linien mit dem Lippenstift darauf zu malen. Die Linien erinnerten nur sehr entfernt an den Umriss von Mädchenlippen. Er war eben ungeschickt – auch im Malen. Dennoch presste er mit Andacht seine Lippen auf das rote Papier und ließ den himbeercremigen Geschmack in sich eindringen. Er blieb aber unzufrieden. Schließlich malte er dicke, kirschrote Kleckse auf das Papier und leckte sie einfach ab. Es schmeckte nicht besonders.

Niedergeschlagen lief er mit dem Rest Lippenstift in der Hand zurück zur Parfümerie. Die Verkäuferin sah ihn fragend an.

Er legte schnell sein Lächeln ins Gesicht, glitt hinter den Ladentisch, kramte sein Taschentuch aus der Hose hervor und wischte dem erstaunten Mädchen damit die Lippen ab. Dann legte er die linke Hand in den Nacken

des Mädchens und begann, mit seinem kirschrot-
himbeerigen Stift ihre Lippen ungeschickt nachzuziehen.
Als er damit fertig war, und das Mädchen die Ratlosigkeit
überwand, den Mund öffnete und protestieren wollte, zog
er ihren Kopf näher zu sich, beugte sich über ihren Mund
und leckte die Himbeercreme von ihren Lippen.

Noch mit geschlossenen Augen sagte er: „So schmeckt
es richtig, danke, und auf Wiedersehen!"

Als er sich vor dem überladenen Schreibtisch wieder niederließ und sein Lehrbuch aufschlug seufzte er: „Das
wäre erledigt."

Originalität

*Unsere Sucht, im Ausdruck unserer Gefühle die Originalität dieser
Gefühle zu veranschaulichen, bringt zweifellos die „deutsche Schla-
gerparade" hervor!*

Weihnachtsfeier

Die tapfere Gemeinde rechtgläubiger Katholiken unter einer erdrückenden Übermacht strenggläubiger Protestanten hatte den größten Saal des Städtchens gemietet, um die diesjährige Weihnacht festlich zu begehen.

Da saßen sie und saßen bis in die letzten Reihen und hörten ihren Pfarrer und hörten ihren Kirchenchor und ihren Posaunenchor und warteten endlich auf die Darbietungen der Schüler ihrer so rein katholischen Zwergschule.

Es trat die erste Klasse auf, die rosagewaschenen I-Männchen, und sang engelshoch und schulisch falsch. Und der kleine Hein, von Bäcker Schulz der Sohn, spielte dann auf der Blockflöte. Und von der zweiten Klasse kamen nur drei auf die Bühne, der Fritz, die Erika und der Uwe, und sie spielten „Stille Nacht, heilige Nacht" und quälten ihre Blockflöten redlich.

Die dritte Klasse ließ einen Kanon, vom Organisten selbst verfasst, ertönen und von zwei Blockflöten begleiten. Nach dem Auftritt der vierten Klasse, ein Konzert zweier Alt- und einer Bassflöte aus der Familie der Blockflöten hatte sie kredenzt, kam eine große Pause.

Die fünfte und sechste Klasse hatten sich zusammengetan und spielten mit fünf Knaben und drei Mädchen ein klassisches Werk altchristlicher Chorkunst auf verschiedenen Blockflöten. Die achte Klasse aber bildete den Höhepunkt künstlerischen Idealismus. Fräulein Lehrerin

Finkenschlag begleitete ein Duett virtuoser Blockflöten auf dem Klavier.

So feierten die römischen Katholiken unter einer meist protestantischen Bevölkerung ein unvergessenes Weihnachtsfest.

Weih Tag wie Nacht!
Auf den Tannenspitzen
ist's bequem zu sitzen!
Und das liebe Mütterlein
singt sehr fein:
„Advent.
Es pennt
die Welt!
Weck sie nicht auf,
das stört der Zeiten Lauf!"

Henning Hallwachs wurde 1943 geboren. Er hatte eine bewegte Kindheit und Jugend mit diversen Schulbesuchen in Ost, Nord und West, was seine Schulverdrossenheit nährte und die Entwicklung einer höchst hinderlichen Lese-Rechtschreibschwäche begünstigte. Er studierte sozusagen „unbewegt" ausschließlich im damaligen Bundeshauptdorf Bonn Psychologie und war dann bei mehr oder minder einem Arbeitgeber als Psychologe in der beruflichen Rehabilitation tätig – nach heutigen Maßstäben ein Berufsleben mit Seltenheitswert. Jetzt lebt er verheiratet in Hamburg und hat Lesen wie Schreiben zum hobbymäßigen Beruf erkoren.

Wer mehr wissen oder seine freundlichen bzw. weniger freundlichen Gedanken zum „Äquatorschwan" äußern will:

muh.hallwachs@gmx.de

Vom gleichen Autor erschien:

1. Auflage, 14.09.2015
184 Seiten, Paperback
Format: 12 cm x 19 cm
BoD – Books on Demand
GmbH
In de Tarpen 42,
22848 Norderstedt
Tel. +49 40 - 53 43 35-11
info@bod.de
www.bod.de

**ISBN   9783738601862,
EUR 6,99**
Für Rezensionsexemplare wenden Sie sich bitte an
presse@bod.de

Zeitfracht Medien GmbH
Ferdinand-Jühlke-Straße 7
99095 Erfurt, Deutschland
produktsicherheit@kolibri360.de